Gianna Molinari
Hier ist noch alles möglich

aufbau taschenbuch

GIANNA MOLINARI wurde 1988 in Basel geboren und lebt in Zürich. Sie studierte Literarisches Schreiben am Schweizerischen Literaturinstitut Biel und Neuere Deutsche Literatur an der Universität Lausanne. Ihr Debütroman »Hier ist noch alles möglich« war ein großer Erfolg bei Publikum und Kritik. Er war für den Schweizer und den Deutschen Buchpreis nominiert und wurde mehrfach ausgezeichnet, unter anderem mit dem Robert Walser-Preis und dem Clemens-Brentano-Preis.

Nichts regt sich – die Tage der Verpackungsfabrik sind gezählt, die meisten Mitarbeiter bereits gegangen. Als jedoch ein Wolf auf dem Gelände vermutet wird, entstehen Risse in der Gleichförmigkeit. Gibt es ihn tatsächlich? Wie gefährlich ist er? Je genauer die Nachtwächterin der Spur des Wolfes folgt, desto mehr schwinden die Gewissheiten. Was hat es mit dem Mann auf sich, der nahe der Fabrik aus einem Flugzeug fiel? Was mit der jungen Bankräuberin, deren Phantombild dem Gesicht der Nachtwächterin so ähnlich sieht? Gianna Molinaris preisgekrönter Debütroman ist »eine so feinfühlige wie elaborierte Parabel über Innen und Außen, Grenzziehung und Grenzüberschreitung« (NZZ).

»Gianna Molinaris Debüt ist ein erstaunlicher Text, der bildhaft wirkt und uns dazu auffordert, aufmerksam zu bleiben.«
Aus der Begründung der Jury beim Robert Walser-Preis

GIANNA MOLINARI

HIER IST NOCH ALLES MÖGLICH

ROMAN

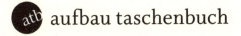
aufbau taschenbuch

Dieses Buch wurde unterstützt durch den Fachausschuss
Literatur Basel-Stadt/Basel-Landschaft.

ISBN 978-3-7466-3684-9

Aufbau Taschenbuch ist eine Marke der Aufbau Verlag GmbH & Co. KG

1. Auflage 2020
Vollständige Taschenbuchausgabe
© Aufbau Verlag GmbH & Co. KG, Berlin 2018
Die Originalausgabe erschien 2018 bei Aufbau,
einer Marke der Aufbau Verlag GmbH & Co. KG
© Gianna Molinari, 2018
Umschlaggestaltung zero-media.net, München
unter Verwendung eines Bildes von FinePic®, München
Satz und Reproduktion LVD GmbH, Berlin
Druck und Binden CPI books GmbH, Leck, Germany
Printed in Germany

www.aufbau-verlag.de

Der Wolf kam aus den Bergen, und mit ihm kamen andere Wölfe, kamen ins Flachland. Drangen in Gebiete vor, in denen man sie nie zuvor gesehen hatte.

Sie trieb der Hunger, das Wissen um Welpen, das Wissen um den Hunger der Welpen.

Der Wolf und die Wölfe haben keine Namen. Man nennt sie Wolf und Wölfe. Sie haben Verstecke. Sie bewegen sich nachts.

Auch ich bewege mich nachts, auch ich schaue viel in die Dunkelheit.

Auch ich drang in Gebiete vor.

EINS

Es gibt eine Insel, auf der ein noch nie gesehenes Tierchen lebt. Forscher fuhren hin und entdeckten die Sensation. Sie fingen das Tierchen mit einem Netz und legten es in ein Glas mit Luftlöchern im Deckel. Sie tranken am Abend viel Champagner auf die Außergewöhnlichkeit ihres Fundes, ihr erfolgreiches Einfangen des Tierchens und darauf, dass kein Mensch vor ihnen je das Tierchen gesehen hatte. Sie waren außer sich vor Freude und Stolz und berauscht vom Gefühl, im Spiel der Weltwichtigkeiten mitzuwirken. Am nächsten Morgen wachten sie mit Kopfschmerzen auf und setzten sich zusammen, um über die Namensgebung zu diskutieren. Dabei dachte jeder der Anwesenden an seinen eigenen Namen. Davon hatten sie schon lange und oft geträumt, einem solchen Tierchen, mit so feinen Beinchen, mit so filigranen und eleganten Flügelchen, ihren Namen zu geben. Und davon, ihren Namen unter dem Bild dieses Tierchens in Publikationen zu lesen. Die Forscherinnen und Forscher beschlossen, dass sie das Tierchen sehen mussten, um den passendsten aller passenden Namen zu finden. Und da, an diesem Morgen, auf dieser Insel, platzten viele Träume: Die Luftlöcher im Deckel waren wohl zu groß oder das Tierchen fähig gewesen, auf irgendeine Art und Weise zu entwischen.

Mein Einstellungsgespräch fand in der Fabrikkantine statt. Der Chef saß an einem der quadratischen Tische, vor ihm stand eine Tasse Tee. Der Tee dampfte. Ich gab ihm die Hand und stellte mich vor. Er stellte auch sich vor und fragte mich, ob ich schon einmal als Nachtwächterin gearbeitet hätte. Ich nickte und sagte, dass ich oft in der Nacht wach sei, dass das kein Problem sei für mich, dass ich sehr aufmerksam sei und zuverlässig, dass ich den Job gerne machen wolle.

Wohnen Sie in der Stadt, fragte er, nahm einen Schluck Tee und schaute mich über den Tassenrand hinweg an.

Gibt es nicht die Möglichkeit, auf dem Fabrikgelände zu wohnen, eine Arbeiterwohnung vielleicht, ich bin nicht anspruchsvoll, etwas Kleines reicht.

Ob ich mir denn nicht in der Stadt eine Wohnung suchen wolle, der Weg sei nicht besonders weit, sagte der Chef. Was genau ich mir unter einer Arbeiterwohnung vorstellen würde und ob ich mich nicht umgeschaut hätte, hier gebe es nicht mehr viele Arbeiter, und Wohnungen habe es hier noch nie gegeben. Ich könne aber, wenn ich wolle, einen leer stehenden Raum beziehen, Strom und Wasser seien vorhanden, auf dem Stockwerk gebe es auch Dusche und Klo, es könne halt kalt werden, kein Luxus, Luxus ganz und gar nicht, aber ich könne es mir mal anschauen, über Miete und Weiteres werde man sich schon einig.

Ich ziehe in einen großen Raum, der sich im ersten Stock eines L-förmigen Gebäudes befindet. Daneben und darunter befinden sich weitere Räume. Das Gebäude steht auf dem Fabrikgelände und ist Teil der Fabrik. Gegenüber vom Gebäude befindet sich die Produktionshalle; weit größer, weit höher. Hinter der Produktionshalle sind zwei weitere Hallen, noch eine für die Produktion und eine Lagerhalle.

Die Fabrik liegt außerhalb einer kleinen Stadt. Dort wohnen die wenigen Mitarbeiter, die noch in der Fabrik arbeiten. Rund um die Fabrik liegen Felder, weiter hinten ist der Flughafen. Von meinem Fenster aus kann ich die Flugzeuge landen und starten sehen.

Vielleicht ist der Raum zu klein, um ihn als Halle zu bezeichnen. Ich nenne ihn dennoch Halle. Hier hat noch niemand zuvor gewohnt. Ich bin die erste Hallenbewohnerin.

Wenn ich nachts im Bett liege und an die Decke blicke, meine ich manchmal im Bauch eines Wals zu sein.

Ich versuche, das Unwichtige vom Wichtigen zu unterscheiden. Ist der Schatten des Vogels, der über den Hallenboden streift, das Wichtige oder ist es der Vogel selbst, den ich vom Stuhl aus nicht sehen kann?

Wichtig sind meine Hände, ebenso die Arme und Schultern, der Kopf, die Augen, der Mund. Auch meine Beine sind wichtig. Sie bringen mich vom Tisch zum Bett, von den Ecken in die Hallenmitte, an die Fensterfront.

Ich frage mich, wie die Oberfläche meiner Lunge beschaffen, wie dicht das Netz meiner Blutgefäße ist, was das Wohnen in der Halle mit mir machen wird.

Hier ist ein neues Umfeld zu erkunden. Hier ist noch alles möglich.

Die Menschen auf dem Fabrikgelände fürchten sich vor dem Wolf. Ich finde einen Zettel an meiner Hallentür: Es wurde ein Wolf auf dem Fabrikgelände gesichtet. Die Tiere suchen nach Nahrung und scheuen die Nähe der Menschen nicht. Falls Sie einen Wolf sichten, bitten wir Sie, uns dies umgehend zu melden.
Ich habe bis jetzt noch keinen Wolf gesehen.

Das Gelände zu betreten, ist für Unbefugte verboten. Das steht auf Schildern. Darauf steht auch: videoüberwacht. Das Gelände hat einen quadratischen Grundriss und ist umzäunt. An vielen Stellen wächst Unkraut am Drahtgitter hoch. Auch ist der Zaun hier und da verbogen. Ich gehe den Zaun entlang und entdecke drei Stellen, an denen er so große Öffnungen frei gibt, dass ich hindurchschlüpfen könnte.

Ich frage den Chef nach dem Wolf.
Der Koch habe den Wolf bei den Containern gesehen, wie er in den Essensresten gewühlt habe, er müsse sich etwas einfallen lassen, sagt er, das sei nicht zu verantworten, dass ein Wolf sich auf dem Gelände herumtreibe.
Ich frage den Chef, warum er das Gelände nicht neu einzäunen, die Löcher ausbessern lasse.
Das ist mir zu teuer, die Fabrik ist keine Investition mehr wert.
Warum haben Sie mich dann eingestellt?
Sie sind keine Investition, sondern eine Notwendigkeit. Ich will, dass alles mit rechten Dingen abläuft, ich will mir zum Ende hin keine Fehler erlauben.

Ich bin erstaunt, in welchem Ton er mir das sagt, als ob er sich selbst nicht recht glaube, als ob er schon längst woanders sei.

Ich werde den Koch fragen, wie der Wolf aussah, wie groß er war, was er tat, wie er schaute oder nicht schaute, wie er sich bewegte.

Ich werde in die Kantine gehen, vielleicht eine Suppe essen und den Koch fragen, wie er reagiert habe, ob der Wolf ihn erschreckt habe, ob er Angst gehabt habe, ob er sich nicht habe bewegen können, wer von beiden sich zuerst bewegt habe, der Koch oder der Wolf, in welche Richtung der Wolf verschwunden sei, ob er zurückgeschaut habe, ob der Koch das habe sehen können. All das werde ich ihn fragen und die Suppe bis zum Tellerboden aufessen.

Zu den sichtbaren Grenzen gehören die Waldgrenze, die Grenze zwischen Land und Wasser, zwischen Licht und Schatten, die Wände meiner Halle und die Umzäunung der Fabrik. Diese Grenzen sind leicht zu erkennen. Andere sind es nicht.

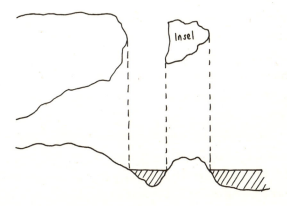

Ein Stockwerk unter meiner Halle befindet sich der Überwachungsraum. Oft sitze ich in diesem Raum und schaue abwechselnd auf die vier Monitore. Ich sehe selten einen der Angestellten das Gelände verlassen oder betreten; zu Fuß, mit dem Fahrrad oder dem Auto. Ich sehe selten Lastwagen ein- oder ausfahren.

Seit ich weiß, dass sich ein Wolf auf dem Gelände herumtreibt, sehe ich oft Katzen über den Bildschirm huschen. Manchmal wird das bewegte Bild zu einem Standbild, weil sich nichts darauf bewegt, weil die Einfahrt, die Ausfahrt, das Zentralgelände und der Haupteingang unverändert daliegen. Die einzig auszumachenden Veränderungen sind das Licht, das heller oder dunkler wird, und die Schatten, die langsam über den Betonboden wandern.

Häufig sitze ich im Überwachungsraum und lese in einem Buch. Dann linse ich nur aus den Augenwinkeln auf die Monitore.

Manchmal meine ich mitten in einem Satz eine Bewegung zu sehen. Der Wolf, denke ich, aber bis ich meinen Blick vollständig von den Zeilen löse und auf den Bildschirm richte, ist der Schatten weg.

Die Nachtwache ist in zwei Schichten aufgeteilt, von 17:00 bis 24:00 Uhr und von 00:00 bis 07:00 Uhr. Die zweite Nachtwache heißt Clemens. Sechs Tage die Woche lösen wir uns ab. Am Sonntag arbeitet niemand. Am Sonntag ist Sonntag, sagt der Chef. Das gilt auch für Einbrecher, es gibt Statistiken.

Und wie ist es bei den Wölfen mit Sonntag, frage ich den Chef.

Das ist ein ungelöstes Problem.

Wie wir uns die Schichten aufteilen, überlässt der Chef

uns. Also haben wir beschlossen, dass wir im Wochenrhythmus die frühere und die spätere Schicht tauschen, so wie Clemens und meine Vorgängerin das auch gemacht haben.

Clemens wohnt in der Stadt. Er kommt mit dem Fahrrad zur Fabrik.

Das Wohlergehen der Fabrik ist mir egal. Ich interessiere mich für den Wolf. Es wird nicht mehr lange dauern, wenige Monate noch, dann werden die Maschinen abgestellt, die Produktion eingestellt. Einst wurden hier Stulpschachteln, Tragpackungen, Versandkuverts, Geschenkschachteln, Kartonboxen, Archivschachteln, Transport-, Verkaufs-, und Präsentationsverpackungen jeder Form und Größe hergestellt, aus Well-, Voll-, Hartkarton, Kompakt- oder Graupappe. Jetzt beschränkt sich die Produktion auf Faltschachteln.

Clemens kommt auf dem Monitor mit dem Fahrrad näher. Seine Mütze hat er tief in die Stirn gezogen. Mitten im Bild hebt er kurz die Hand zum Gruß, biegt dann rechts ab und verschwindet aus dem Sichtfeld.

Er öffnet die Tür zum Überwachungsraum so schwungvoll, dass sie von der Wand zurückprallt.

Hast du den Wolf gesehen? Er zieht seine Mütze vom Kopf und setzt sich neben mich vor die Monitore.

Kein Wolf, sage ich und erkenne vereinzelte graue Strähnen in seinen schwarzen Haaren.

Sonst etwas?

Das fragt er mich jede Nacht, und jede Nacht sage ich: Nein, nichts.

Oder soll ich ihm erzählen, dass ich eine Maus sah, die

unter einem Gabelstapler verschwand, dass eine Eule schrie oder sonst ein Vogel, dass der Mond nicht zu sehen war, dass die Luft frisch war und nach Sumpf roch, obwohl gar kein Sumpf in der Nähe ist, dass ich mit meinen Händen Schattentiere an die Fabrikwand warf, auch den Schatten eines Wolfes?

Na dann. Gute Nacht.

Ich stehe auf und klopfe mit meiner Handfläche zwei Mal auf den Tisch. Die Monitorbilder zittern leicht.

Ich sehe noch, wie er sich die Augen reibt, dann gehe ich an ihm vorbei, zur Tür hinaus, die Treppe in den oberen Stock hoch und betrete meine Halle. An einem kleinen Waschbecken putze ich mir die Zähne und wasche mir das Gesicht, dann lege ich mich ins Bett. Das Bett ist direkt über der Stelle, an der Clemens jetzt sitzt.

Den Tisch und den Stuhl, die in der Halle stehen, habe ich vor der Lagerhalle gefunden; das Bett hat mir Clemens gebracht. In die Halle habe ich nur wenige Kleider, meine Kamera und mein Universal-General-Lexikon mitgebracht, das von großer Wichtigkeit ist. Ich schreibe fortlaufend neue Einträge hinein oder ergänze das Geschriebene. Gestern fügte ich in kleinster Schrift neben dem Wort GRENZE an:

Wände meiner Halle, Umzäunung der Fabrik.

FABRIK: Ich bin nicht wegen der Fabrik hier. Ich bin hier, weil hier ein neues Umfeld zu entdecken ist.

Ich habe mich an das Leben in einem Rechteck gewöhnt. Wenn einer mir sagen würde, dass die Welt ein Rechteck sei, dann würde ich das gerne glauben. Aber ich denke eher, dass die Welt die Welt und mein Rechteck mein Rechteck ist.

Ich möchte die Halle nicht tauschen. Nicht gegen die Einzimmerwohnung gegenüber dem großen Einkaufszentrum, dessen Neonleuchtschrift mein Zimmer nachts in blaues Licht tauchte. Nicht gegen die Parterrewohnung mit Zugang zum Garten, in dem eine Mauer stand, auf der sich im Sommer Eidechsen sonnten, und ich mich fragte, ob das alles ist, das Huschen und Starren, ob die Eidechsen zu anderem fähig sind, ob sie sich verfärben oder meterhoch springen, wenn ich nicht hinschaue. Ich möchte die Arbeit als Nachtwächterin nicht gegen meine frühere Arbeit in der Bibliothek eintauschen. Zwar haben die beiden Arbeitsstellen einige Gemeinsamkeiten. In der Bibliothek suchte ich nach bestellten Büchern und trug sie zusammen. In der Fabrik suche ich nach einem Wolf. In der Bibliothek wie auch bei der Arbeit als Nachtwächterin ist das Tageslicht rar. Oft fehlten die gewünschten Bücher, und auch in der Fabrik fehlt einiges: angefangen bei den Mitarbeitern, die ich so selten sehe, bis hin zum Wolf, der gänzlich fehlt.

Und doch denke ich, dass das Warten auf einen Wolf insgesamt interessanter sein könnte als das Suchen und Zusammentragen von bestellten Büchern.

Ich sehe den Chef häufig mit hängenden Schultern über das Gelände gehen. Ich frage mich, ob er an der Fabrik hängt, ob es ihn schmerzt, dass die Fabrik schließt, ob er versucht hat oder immer noch versucht, die Schließung zu verhindern.

Auf die Fabrik wird nicht mehr groß geachtet. Unkraut dringt durch Ritzen im Beton und wird nicht entfernt. Die Witterung lässt Moos an den Außenwänden wachsen, lässt den Putz im Innern der Hallen bröckeln. Die Zeit zeichnet feine Risse in die Wand, die Fensterkreuze sind verrostet und rosten bestimmt noch weiter.

Es braucht hier keine Nachtwache. Ich weiß nicht, wer was von diesem Gelände entfernen sollte. Hier gibt es nichts zu holen. Mehr als Karton kann ein Einbrecher hier nicht finden.

Ich frage mich, warum der Chef mich eingestellt hat, ob es ihm dabei wirklich um die Fabrik geht oder ob er mich aus anderen Gründen auf dem Gelände wohnen lässt. Wahrscheinlich sind Clemens und ich so etwas wie Trostmittel des Chefs; solange Nachtwachen hier ihre Runden drehen, ist seine Fabrik noch als Fabrik zu bezeichnen.

Ich bin froh um den Wolf. Vielleicht verleiht der Wolf meiner Tätigkeit eine Wichtigkeit.

WOLF: Ein Wolf ist möglich.
ZAUN: Es gibt weit höhere, es gibt lückenlose Zäune.

Zwei Lastwagenfahrer sitzen drei Tische von mir entfernt. Ich habe gehofft, allein in der Kantine zu sein, dann hätte ich den Koch ungestört ausfragen können. Die Lastwagenfahrer essen Kartoffelpüree und ein Stück Fleisch; wahrscheinlich Schwein, vielleicht auch Lamm oder Rind. Der Wolf wird sich über die Essensreste freuen, denke ich und winke dem Koch. Er winkt zurück. Ich gehe zur Theke und der Koch schöpft aus Chromstahlbehältern einen Löffel Kartoffelpüree und ein Stück Fleisch auf meinen Teller.

Vielleicht ist mir ein bisschen viel Salz in das Püree geraten, sagt er.

Wird schon gehen, sage ich.

Heute ist nicht mein Tag. Er zeigt auf ein Pflaster an seinem Finger.

Ein Lastwagenfahrer holt zwei Kaffee aus dem Automaten. Zurück am Tisch, verrühren beide mit ihren Löffeln Zuckerwürfel. Die Löffel sind sehr klein in den großen Lastwagenfahrerhänden.

Ich schaue auf meinen Teller. Der Abdruck vom Schöpflöffel ist im Püree zu sehen. Ich zersteche den Abdruck mit meiner Gabel.

Die Lastwagenfahrer stellen ihr leeres Geschirr auf die Theke, legen das Geld daneben und verlassen die Kantine. Der Koch kommt mit einem Lappen und beginnt die Tische abzuwischen.

Nicht viel los, sage ich und zeige mit der Gabel in den Raum.

Der Koch schaut mich an. Hast du bisher schon erlebt, dass hier viel los ist? Früher war das anders, früher kochte ich jeden Tag vier Menüs und machte Salate und Desserts. Früher waren diese Tische voll.

Früher gab es hier auch keine Wölfe, sage ich und stelle ihm all die Fragen, die ich mir vorgenommen habe, ihm zu stellen.

Der Koch antwortet, dass der Wolf wie ein Wolf ausgesehen, dass er bei den Containern gestanden und er ihn zuerst nicht bemerkt habe und dass er erschrocken sei. Er habe sich nicht bewegen können, aber man dürfe sich in solch einer Situation auch nicht bewegen, man müsse ruhig bleiben und die Fassung bewahren. Der Koch sagt, dass auch der Wolf sich nicht bewegt habe und er den Eimer mit Essensresten langsam auf den Boden gestellt habe, dass er ihn nicht aus den Augen gelassen habe – er den Wolf nicht und der Wolf ihn nicht –, dass der Wolf sich dann plötzlich doch bewegt habe. Wohin genau er verschwunden sei, das wisse er nicht, halt in die Dunkelheit.

Clemens steht im Türrahmen. Sein Mantel ist nass. Einige Tropfen sammeln sich am Mantelsaum und fallen zu Boden.

Immer noch nichts vom Wolf, sage ich und setze Wasser auf.

Clemens zieht ein Buch aus der Innentasche seines Mantels und hält es mir hin. Der Einband ist feucht.

Canis Lupus, lese ich laut.

Stamm: Chordata (Chordatiere), Unterstamm: Wirbeltiere, Klasse: Säugetiere, Ordnung: Raubtiere, Familie: Hundeartige, Art: Lupus (Wolf).

Vielleicht interessiert es dich. Clemens hängt seinen nassen Mantel über den Radiator. Das Wasser tropft weiter und die Tropfen bilden eine kleine Insel aus Wasser.

Warum bist du eigentlich in die Fabrik gekommen, fragt Clemens. Du könntest anderes tun. Studieren, reisen. Warum bist du hier, fragt er.

Es gefällt mir hier. Das ist ein guter Ort. Hier ist noch alles möglich.

Sogar Wölfe, sagt Clemens.

Sogar die.

Kurz nach meinem Einstellungsgespräch zeigte mir der Chef die Wellkartonanlage.

WKA, sagte er, das Herzstück. Ohne Herzstück keine Fabrik. Der Maschinenlärm in der Produktionshalle war so laut, dass ich den Chef nur schwer verstand. Ich musste nahe an ihn herantreten. Der Chef zeigte auf die Maschine, ein über fünfzig Meter langes Stahlkonstrukt, das sich durch die ganze Produktionshalle zog.

Ich folgte dem Chef durch die Halle. Ich roch Leim und feuchtes Papier. Die Luft war warm. Ein Mitarbeiter in blauen Hosen und schwarzem T-Shirt stand an einem Computer und drückte Knöpfe. Er schaute dabei immer wieder zwischen dem Computer und der Maschine hin und her.

Als er den Chef und mich sah, weil wir im Blickfeld zwischen Computer und Maschine aufgetaucht waren, nickte er uns zu. Der Chef nickte und ich nickte. Dann formte der Mund des Chefs Worte. Sie klangen nach: *Karl-Heinz*. Vielleicht sagt er aber auch: *sehr heiß* oder *alles meins*.

Eine Alarmglocke war plötzlich zu hören und viele rote Lichter blinkten auf. Der Chef schaute zu Karl-Heinz, der beschwichtigend die Hand hob. Der Produktionsdurchlauf schien abgeschlossen, die Maschine ratterte nur noch leise und verstummte dann ganz.

Der Chef atmete auf. Am Computer werden die Abläufe eingestellt und kontrolliert, sagte er. Alles Technik, alles sehr genau.

Er zeigte auf eine riesige Papierrolle. Hier befestigt man die Papierrollen. Das Papier läuft durch die Riffelwalzen, wird gewellt und mittels der Klebstoffauftragswalze sowohl an den oben liegenden als auch an den unten liegenden Wellenkronen jeweils mit einem weiteren Papier verklebt.

Er trat an die Maschine heran und versuchte einen Aufkleber, der sich an einer Ecke gelöst hatte, wieder an die Maschinenwand zu drücken. Auf dem Aufkleber stand: Bei jeder neuen Rolle muss die Feuchtigkeit gemessen werden. Er ließ vom Aufkleber ab und ging weiter. Die Maschine begann erneut zu rattern. Ich beeilte mich, um mit dem Chef Schritt zu halten.

Die Überführungsbrücke, schrie er, dann die Heizpartie, der Längs- und Querschneider und zum Schluss die Ablage, hier werden die zugeschnittenen Wellkartonbogen gestapelt.

Ich schaute den gestapelten Kartonbogen zu, die auf einem Förderband von der Maschine wegtransportiert wurden. Am Ende des Förderbandes stand ein Mitarbeiter mit einem Gabelstapler bereit und lud Kartonteile auf. Der Chef folgte dem Staplerfahrer Friedrich – wenn ich den Namen richtig verstanden hatte – und ich dem Chef bis zu seiner zweiten Maschine.

Der Slotter, sagte er, hier entstehen die Vertikalrillen und es werden Schlitze geschnitten, damit die Schachteln später gefaltet werden können. Am Ende des Slotters stapeln sich dann die fertigen Faltschachteln plan liegend und in geschnürten Bündeln.

Beeindruckend, sagte ich, und der Chef nickte.

Die Maschinen werden hier verrosten, wenn keiner kommt und die Fabrik kauft. Wenn keiner kommt und auch die Maschinen kauft, dann kommt der Rost, sagte er.

Damit liegt der Chef wohl richtig: Alle wissen, dass hier

bald Schluss ist. Es gilt dann, die Maschinen abzustellen, den Hauptstromschalter auch. Es gilt, die Fenster und Türen zu verriegeln, die Laderampen hochzufahren. Es gilt abzuschließen.

ROST: Der Rost kennt keine Grenzen.

Von meinem Bett aus schaue ich an die Hallenwand. Sie ist schmutzig. An manchen Stellen bröckelt der Putz und grauer Beton kommt zum Vorschein. Die freigelegten Stellen haben die Form von Inseln. Ich stelle mir ihre Sand- und Steinränder vor, ihre Vegetation, die Lebewesen, die sie bewohnen.

Im Universal-General-Lexikon lese ich, dass Inseln sich verformen, dass sie vom Wetter gezeichnet und vom Meer angefressen werden, dass der Frost die Inseln zerklüftet und ihr Gestein zersprengt. Die Inseln werden abgetragen. Sie verlieren an Fläche, werden immer kleiner. Irgendwann werden sie verschwunden sein.

Entdecker aus längst vergangener Zeit berichteten von einer Insel, auf der Schattenfüßler leben. Schattenfüßler, auch Skiapoden genannt, sind einfüßige Menschen, die blitzschnell hüpfen können und die sich bei großer Hitze auf den Rücken legen, ihr Bein in die Höhe strecken und sich selber Schatten spenden. Es sind einsame Kreaturen, die immer alleine unterwegs sind und die Gesellschaft anderer meiden. Und sie liegen sehr viel auf dem Rücken, weil auf der Insel fast immer die Sonne scheint.

Der Zaun hat Löcher. Der Zaun ist nicht mehr von Belang, nicht für die Fabrik und nicht für den Wolf. Es könnte genauso gut keinen Zaun geben, wie es auch keine Nachtwache geben könnte. Wir mussten die Fabrik bis jetzt vor nichts beschützen. Clemens wünscht sich einen Einbrecher. Auch ich habe mir schon einen Einbrecher gewünscht.

Vielleicht könnte ich Clemens damit überraschen, er würde sich sicher freuen, wenn ich ihm sagen würde, dass ich den Wolf gesehen habe. Dann wäre eine Wichtigkeit in unserem Tun. Wir würden anders auf die Monitore schauen.

Ich begegne dem Chef auf dem Zentralgelände. Er hebt eine Kartonschachtel aus dem Kofferraum seines Wagens.

Ein neuer Kopierer, der alte ist zu alt, sagt er.

Sie wollten doch nicht mehr investieren. Ich schließe den Kofferraum des Wagens.

Kopierer braucht man immer.

Kann ich Ihren alten haben?

Für was brauchen Sie einen Kopierer?

Wie Sie sagen: Die braucht man immer.

In seinem Büro stellt der Chef den Karton auf dem Boden ab, der mit einem grauen Teppich ausgelegt ist. Das große Schreibpult steht mitten im Raum, mit Blick zum Fenster und auf das Gelände hinaus. Auf der Pultfläche stapeln sich Akten und Ordner um eine Schreibunterlage herum, wie Felsen um eine ruhige Bucht. Ich versuche mir den Chef vorzustellen, wie er mit gekrümmtem Rücken seiner Arbeit nachgeht, wie er immer wieder aus dem Fenster blickt oder auf die Bilder an der Wand. An der rechten Wand hängt das Bild von einem blühenden Baum, Apfel oder Birne, an der linken Wand das Porträt eines Mannes, der sein Vater sein könnte oder sein Großvater.

Mein Onkel, sagt er und schiebt den Karton über den grauen Teppich neben den alten Kopierer. Ihm gehörte die Fabrik und davor gehörte sie meinem Großvater.

Wie das so ist, sage ich und helfe ihm, den neuen Kopierer aus dem Karton zu heben.

Ja, wie das eben so ist, sagt er, und wir heben den alten Kopierer in die Kartonschachtel hinein.

Ich versuche einen Wolf zu zeichnen. Er sieht wie ein Hund aus. Ich klappe das Universal-General-Lexikon samt Wolfshund wieder zu. Die Zeitangabe auf dem Monitor zeigt 00:04 Uhr. Hinter mir geht die Tür auf und Clemens betritt den Raum.

Und, fragt Clemens.

Ruhig, sage ich.

Er setzt sich neben mich vor die Monitore.

Universal-General-Lexikon, liest er laut. Darf ich mal? Clemens blättert durch die Seiten. Hast du das reingeschrieben?

Das meiste.

Er blättert weiter, blättert dann zurück. Bei C beginnt er zu suchen.

Kein Eintrag für Clemens. Was hättest du notiert, wenn Clemens hier drinstehen würde?

Wohl Nachtwache.

Sonst nichts?

Was sollte ich denn deiner Meinung nach schreiben, wenn da Clemens stehen würde?

Zum Beispiel nett und zuvorkommend und klug.

Ich nehme ihm das Lexikon aus der Hand und notiere am oberen Rand der Seite über CLEMENTINE:

CLEMENS: Stirnfalte, schwarze Haare, teilweise grau, meist Kapuzenpulli (blau), 28 Jahre alt, nett, zuvorkommend, klug und Nachtwache.

Der Chef steht vor der Hallentür, ich bitte ihn herein. Nach meinem Einzug hat noch keiner mein Rechteck von innen gesehen. Der Chef geht die Fensterfront entlang an der Bücherreihe vorbei, die keinen halben Chefschritt lang ist. Der Chef schaut aus dem Fenster und betrachtet das Gelände.

Schön, sagt er, und ich weiß nicht recht, ob er meine Halleneinrichtung oder sein Fabrikgelände meint.

Wissen Sie, das mit dem Wolf macht mir Sorgen. Er wühlt in den Containern der Kantine.

Finden Sie das schlimm, frage ich und schiebe die losen Blätter auf meinem Tisch zu einem Haufen zusammen.

Ich finde es äußerst unangenehm, eine solche Bestie auf dem Gelände zu wissen.

Denken Sie, dass der Wolf wirklich so gefährlich ist?

Wölfe greifen Menschen an.

Für gewöhnlich nicht.

Es besteht die Möglichkeit, sagt der Chef und holt aus seiner Manteltasche ein Blatt Papier. Er faltet es auf und legt es auf den Tisch.

Hier, schauen Sie, das ist der Fallenplan. Hier haben wir ein Tellereisen versteckt und hier und hier. Er zeigt mit seinem Finger auf drei rot markierte Stellen auf dem Papier.

Und hier, die habe ich selber entworfen, eine Wolfsfalle der besonderen Art. Sie funktioniert wie eine Fallgrube. Wenn der Wolf mit seinem Gewicht auf die eine Seite des Brettes tritt, dann kippt das Brett nach unten und der Wolf fällt hinein. Hier, schauen Sie, die Konstruktionspläne. Für die Fallgrube muss ein Loch gegraben werden, genügend tief, genügend groß, sagt der Chef. Ich wollte fragen, ob Sie und Clemens das machen könnten.

Können Sie dafür nicht einen Bagger holen?

Das könne er schon, sagt der Chef, aber das sei ja kein Schwimmbecken, das er da ausheben wolle.

Ich denke, dass es durchaus auch kleine Schwimmbecken gibt, und frage, ob er nicht lieber eine Fotofalle aufstellen lassen wolle.

Dann hätten wir ja nur Bilder, sagt der Chef.

Bilder sagen auch schon einiges aus über das Vorhandensein oder Nichtvorhandensein eines Wolfes.

Das ist nicht genug, sagt der Chef.

Ich sage, dass ich das Loch ausgraben werde, dass das ja einmal eine Abwechslung sei.

Der Chef beginnt, mit einem roten Stift die Maßangaben auf dem Konstruktionsplan zu umkreisen. Drei Meter lang, zwei Meter breit und drei Meter tief, dann tippt er mit seinem Finger noch einmal auf alle Fallenstandorte.

Den Plan können Sie behalten, damit Sie nicht in ein Tellereisen treten.

Ich werde schon aufpassen, sage ich und falte den Plan zusammen.

WOLF: In nahrungsarmen Zeiten frisst der Wolf sowohl Aas als auch Abfälle.

Ich verlasse hinter dem Chef meine Halle und das Gebäude.

Ein Wolf kommt bekanntlich im Rudel, sagt er. Wir müssen uns darüber bewusst sein, dass wir es nicht nur mit einem Exemplar zu tun haben.

Sie wandern auch alleine, sage ich.

Bis zu zehn Tiere, das muss man sich einmal vorstellen. Der Chef eilt voraus.

Er wird seine Gründe haben, will ich dem Chef sagen, er wird nicht freiwillig auf das Gelände kommen, es ist der Hunger, will ich sagen. *In nahrungsarmen Zeiten frisst der Wolf auch Abfälle.*

Der Chef bleibt stehen, schaut auf den Boden, der mit hohem Gras und Gestrüpp bedeckt ist, sagt *hier* und *gut* und *idealer Grund*. Er macht drei große Chefschritte in die eine Richtung, bleibt stehen, dreht sich um neunzig Grad und macht zwei weitere große Schritte.

Ich schaue auf das vom Chef auserkorene Stück Boden. Es wächst dort viel Löwenzahn.

Ich erinnere mich an einen Film, den ich sah. Er beginnt mit einer Szene im Supermarkt vor den Kühlregalen. Die

Frau steht vor einer Wand voller Joghurtbecher. Sie steht dort lange, die Kamera bewegt sich nicht, sie geht mit kleinen Schritten hin und her. Dann tritt sie an das Regal, greift nach einem Aprikosenjoghurt, stellt ihn dann zurück, greift erneut in das Regal, dieses Mal nach einem Vanillejoghurt. Stellt auch diesen zurück.

In der nächsten Szene sitzt die Frau vor dem Fernseher. Im Fernseher bricht ein Vulkan aus und Menschen sterben durch Bomben.

Die Frau sitzt an einem Küchentisch, sie wird von hinten gefilmt. Das Umblättern von Zeitungsseiten ist zu hören. Die Kamera zoomt an die Frau heran, an deren Rücken, Schulter und über die Schulter hinweg auf die Zeitung. Eine zerstörte Stadt ist dort zu sehen. Die Frau isst ein Brot mit Butter und vor ihr brennt die Erde. Und dann plötzlich fliegt eine Meise durch das offene Küchenfenster. Die Frau legt das Butterbrot auf den Tisch und versucht, die Meise durch das offene Fenster aus der Küche zu scheuchen. Bei diesem Versuch erschlägt sie die Meise. Die Kamera filmt die Küche. Zoomt an den Küchentisch heran, auf dem noch immer die aufgeschlagene Zeitung liegt und darauf die tote Meise.

Die Kamera schwenkt zum offenen Fenster und aus dem Fenster hinaus. Dort taucht die Frau im Bild auf, die einen Rollkoffer hinter sich herziehend die Straße hinuntergeht.

Zwar habe ich keine Meise getötet, aber auch ich habe mein Zuhause verlassen. Ich zweifle daran, dass die Sicherheit, in der ich lebe, der Realität entspricht. Ich sehne mich nach Unsicherheit, nach mehr Echtheit vielleicht, nach Wirklichkeit. Ich möchte unterscheiden können, was wichtig ist und was nicht. Ich möchte Teil einer Geschichte sein oder vieler Geschichten zugleich.

Die Frau aus dem Film ist vielleicht in den Himalaya gegangen, in die Karpaten, nach Madeira oder auf eine andere Insel.

Ich bin in die Fabrik gegangen.

Ich stelle mir eine Insel vor, auf der Wölfe bereits mit Tellereisen an den Füßen geboren werden und in keine weiteren treten können.

Ich mache meinen Rundgang. Die Lampen erleuchten nur gewisse Teile des Geländes, in den dunklen Ecken ahne ich den Wolf oder viele Wölfe zugleich. Ich gehe um das L-förmige Gebäude herum, streife mit dem Lichtkegel der Taschenlampe die unteren Fensterfronten, leuchte an die oberen Fensterfronten und vom Gebäude weg in die Dunkelheit. Danach gehe ich die anderen Gebäude ab, die Produktionshallen und die Lagerhalle. Ich suche die aufgestellten Tellereisen, stelle mir dabei vor, was das für ein Anblick wäre, wenn tatsächlich ein Wolf sein Bein eingeklemmt hätte. Ich gehe zu dem Stück Boden, wo die Fallgrube ausgehoben werden soll. Ich beginne, das hohe Gras und Gestrüpp, den Löwenzahn auszureißen, und merke schnell, dass ich hierfür eine Hacke brauche, noch besser einen Spaten.

Ich beschließe, erst morgen mit dem Graben zu beginnen.

Auf dem Rückweg komme ich bei den Containern vorbei. Dort liegt eine tote Ratte. Ich eile zur Halle, hole meine Kamera und dokumentiere meinen Fund fotografisch.

Am nächsten Morgen suche ich den Chef und zeige ihm das Bild, das ich auf seinem alten Kopierer ausgedruckt habe.

Was soll das? Er schaut auf das Bild und kneift dabei ein Auge zu.

Die erste Spur vom Wolf, sage ich und kneife automatisch auch ein Auge zu.

Was ist das? Der Chef tippt auf das Papier.

Eine Ratte. Der Wolf muss sie gerissen haben.

Ein Wolf reißt Ratten?

Sieht ganz danach aus.

Diese Bestie lässt einem nicht einmal die Ratten.

Eigentlich wollte ich den Wolf in ein etwas besseres Licht rücken, indem ich ihn dem Chef als Rattenfänger präsentiere. Anscheinend ist es mir nicht gelungen. Deshalb sage ich schnell, dass es auch eine Katze gewesen sein könnte, ein Vogel, ein großer, mit großen gelben Krallen, oder eine andere Ratte, dass ja noch kein Wolf in die Fallen gegangen sei, dass nur einer ihn gesehen haben will, und dieser eine sei der Koch, der durchaus vertrauenswürdig sei, der aber auch schon mal was versalzen und sich in den Finger geschnitten habe, nicht dass man behaupten wolle, er sehe schlecht, aber er habe sicher auch schon besser gesehen, und dass man manchmal Dinge übersehe oder falsch sehe, das sei menschlich, dafür könne ja keiner was.

Der Chef sagt erst gar nichts. Dann sagt er, dass ich weiterhin aufmerksam sein solle.

Ich sage Ja und fühle mich als Verräterin, die den Koch anschwärzt, um einen Wolf zu retten. Ich beschließe, das nächste Mal, wenn ich in der Kantine esse, das Essen zu loben.

Ich sitze allein in der Fabrikkantine. Die Tische glänzen noch vom feuchten Lappen, mit dem der Koch sie abgewischt hat. Das Essen ist mal besser, mal schlechter. Heute ist es gut.

Die Tomatensuppe schmeckt ausgezeichnet, rufe ich dem Koch zu, der gerade mit einem Karton Karotten die Kantine betritt.

Der Ingwer, sagt er und stellt den Karton auf dem Tresen ab.

Wirklich ausgezeichnet.

Danke, sagt er und verschwindet in die Küche.

Nach kurzer Zeit kommt er wieder nach vorne und an meinen Tisch, er hält mir einen Teller entgegen. Darauf liegt ein schwabbliges grünes Viereck.

Suppe en bloc, sagt er, so was essen Astronauten im All, Eigenkreation.

Ich esse ein Stück davon und sehe den erwartungsvollen Blick des Kochs, und obwohl die Konsistenz eklig und der Geschmack nicht zu identifizieren ist, sage ich erneut: Ausgezeichnet.

Erbse, sagt der Koch, noch nicht ganz fertig, aber das wird. Wenn es möglich ist, dass Köche mit ins All fliegen, dann werde ich einer der ersten sein. Von mir aus könnte ich auch oben bleiben, würde ich gerne, die Erde von dort aus sehen.

Ich sage dem Koch, dass das All auf einen Koch wie ihn warte, und der Koch geht mit beschwingtem Schritt zurück in die Küche.

Ich stelle mir vor, dass sich bei einem Wolfsheulen mein Nacken verkrampfen würde, dass ich mich fürchten würde und gleichzeitig erleichtert wäre, weil ich dann wüsste, dass es ihn gibt. Gut möglich, dass ich anhand des Heulens die Distanz zwischen dem Wolf und mir ermessen könnte, dass die Lautstärke mir verraten würde, ob wir nah beieinander wären oder weit voneinander entfernt, und dass ich dann wüsste, in welche Richtung ich zu gehen hätte, wenn ich denn vorhätte, dem Wolf zu begegnen. Ob ich in diese Richtung gehen würde, ist nicht zu sagen. Vielleicht würde ich an Ort und Stelle stehen bleiben, mit verkrampftem Nacken. Vielleicht würde ich Clemens rufen und ihn fragen, ob er mit mir kommen wolle, mit zum Wolf.

Der Koch als Zeuge reicht nicht aus. Auch nicht das Bild einer toten Ratte.

Solange keine Aufnahmen des Wolfes existieren, existiert auch der Wolf nicht.

Nur weil keine Aufnahmen des Wolfes existieren, heißt das noch lange nicht, dass er sich nicht auf dem Gelände aufhält. Es bedeutet lediglich, dass er nicht in das Blickfeld der Kameras gelangte.

Auch wenn ein Wolf auf einem Monitorbild erscheinen würde, besteht die Möglichkeit, dass wir ihn verpassen, weil Clemens oder ich genau in diesem Augenblick unsere Runde drehen oder aus einem anderen Grund nicht auf die Monitore schauen. Dann wüsste niemand, dass es Bilder vom Wolf gibt.

Die Bilder werden vierundzwanzig Stunden gespeichert, dann werden sie gelöscht und verschwinden ungesehen, als ob es sie nie gegeben hätte.

Manchmal spule ich die Aufnahmen der Überwachungskameras zurück und schaue mir die Bilder der vergangenen Stunden an. Die Kameras laufen auch am Tag, und ich bin jedes Mal erstaunt, wenn ich selber im Bild auftauche, wenn ich mich dabei beobachten kann, wie ich zur Kantine gehe oder in der Nacht das Fabrikgebäude verlasse, um meine Runde zu drehen. Manchmal lasse ich die Aufnahmen rückwärts- oder viel schneller laufen und sehe, wie unbeständig die Zeit ist, wie beliebig ich sie umdrehen, verlangsamen oder beschleunigen kann.

Die Drähte verschlingen sich zu quadratischen Maschen. Der Hintergrund ist aufgeteilt in Grasquadrate, Hügelquadrate, Himmelquadrate, wenige Wolkenquadrate.

Hinter dem Zaun wachsen die gleichen Pflanzen wie vor dem Zaun.

Vor dem Zaun ist das Gras genauso hoch wie hinter dem Zaun.

Der Zaun scheint das Gras nicht zu stören. Auf keine mir ersichtliche Weise.

In circa fünfzig Metern Entfernung vom Zaun ist der Zaun noch als Zaun zu erkennen.

Der Zaun hat drei Löcher. Wie lange es die Löcher schon gibt, ist nicht zu bestimmen.

Es ist nicht zu bestimmen, ob die Löcher durch den Gebrauch einer Zange entstanden sind oder ob es die Witterung war, der Rost.

Unterhalb der Löcher ist das Gras nicht flach gedrückt, auch nicht geknickt.

Wäre das Gras flach gedrückt, könnte man zum jetzigen Zeitpunkt nicht mehr mit Sicherheit sagen, was die Ursache gewesen ist.

Ob ein Wolf überhaupt mit flach gedrücktem Gras in Verbindung gebracht werden kann, ist fraglich.

Flach gedrücktes Gras allein ist kein Beweis.

BODENBESCHAFFENHEIT: Gräser, Löwenzahn, Klee, Steine und Steinchen, Erdklumpen.

Viel Beton.

Ich betrete die Kantine und gehe an die Theke. Dort steht ein Mitarbeiter, den ich schon einige Male auf dem Monitor gesehen habe, wie er zu Fuß das Fabrikgelände betritt oder verlässt. Er trägt die blauen Firmenhosen, ein schwarzes T-Shirt mit dem Firmenlogo auf der Brust. Seine grauen Haare sind gewellt, seine Augen umgeben von vielen Falten. Es kommt selten vor, dass ich überhaupt jemandem in der Kantine begegne außer dem Koch. Der Koch ist nicht zu sehen. Ich stütze mich mit den Ellbogen auf die Theke.

Gibt es heute nichts, frage ich.

Doch, sagt der Angestellte, der Koch kommt gleich. Er greift über die Theke, nimmt ein Stück Brot aus einem Korb und hält es mir hin.

Ich nehme es und beiße hinein. Der Mitarbeiter greift noch einmal in den Korb. Auch er kaut jetzt Brot.

Lose, sagt er mit vollem Mund, einer der Letzten. Er hält mir die Hand hin.

Nachtwächterin, sage ich.

Er sagt, dass er das wisse, und fragt nach dem Wohlbefinden von Clemens.

Ich frage mich, warum er nicht nach meinem Wohlbefinden fragt, sage, dass es Clemens meines Wissens gut gehe, wenn er es aber genau wissen wolle, müsse er ihn selber fragen.

Er nimmt das restliche Stück Brot in den Mund und zeigt fragend auf den Korb. Ich schüttle den Kopf. Lose nimmt sich noch ein Stück und sagt kauend: Und die Wölfe?

Keine bis jetzt.

Das sind ja auch scheue Tiere. Ich bezweifle, dass der Koch wirklich einen gesehen hat.

Mag sein. Ich zweifle eher daran, dass ich einen Wolf überhaupt als Wolf erkennen würde. Falls wirklich einmal einer vorbeikommen sollte, würde ich vielleicht denken, dass es sich um einen Hund handeln muss. Ich würde den Wolf nicht als Wolf erkennen.

Der Koch kommt aus der Küche, stellt einen Topf auf die Theke und schöpft daraus Suppe in zwei Teller.

Wir setzen uns an einen Tisch. Ich schaue Lose beim Essen zu und erst jetzt fällt mir auf, dass ihm der Zeigefinger der linken Hand fehlt. Der Koch bleibt an der Theke stehen und fragt, ob wir die Nachrichten gesehen hätten, da sei ein Beitrag über einen Astronauten gekommen. Im All verschollen, sagt der Koch. Die haben ein Bild von ihm gezeigt, und du glaubst es nicht, aber der sah dir verblüffend ähnlich, wenn ich es nicht besser wüsste, würde ich schwören, dass du das warst, oder dein Bruder.

Ich habe keinen Bruder, der Astronaut ist, sagt Lose, verschollen schon gar nicht, ich habe überhaupt keinen Bruder, und ich selber bin noch nie Astronaut, noch nie im All gewesen. Er taucht sein Brot in die Suppe. Einige Krumen bleiben in der Suppe liegen, wie kleine Inseln.

Erstaunlich, sagt der Koch.

Im Flur vor der Kantine steht in Messingbuchstaben HIGH FIDELITY an der Wand. Darunter sind Porträts von langjährigen Mitarbeitern angebracht. Einige Bilder hängen schief, die Reihen sind lückenhaft. Vielleicht hat der Chef die Fotografien von einigen, die die Fabrik verlassen haben, abgenommen. Vielleicht sind sie aber auch von der Wand gefallen und der Koch hat sie weggeräumt. Auf einer Fotografie ist Lose abgebildet, der viel jünger aussieht, mit vollerem Haar und weniger Falten um die Augen. Der Koch hat sich kaum verändert, vielleicht hat er jetzt mehr graue Haare, auf der Schwarz-Weiß-Fotografie ist das nicht richtig zu erkennen. Von mir und Clemens hängen keine Bilder.

Die Ahnengalerie der Fabrik, das ist Fabrikgeschichte, sagt Lose.

Nicht gerade repräsentativ, sage ich.

Ach was, sagt Lose und rückt sein Bild gerade.

Kleinere und größere Insekten gelangen durch den Zaun. Für sie ist der Zaun kein Hindernis. Auch Vögel kommen hinüber. Der Zaun kann weder ihre Routen durchbrechen noch ihre Flugrichtung ändern. Für Vögel, mehrheitlich für Tauben, ist der Zaun höchstens Landeplatz. Häufig sehe ich sie in einer Reihe dicht nebeneinander auf dem Zaun sitzen, wie sie es auch auf den Stromleitungen tun, die von der Straße zur Fabrik führen. Der Unterschied ist, dass durch den Zaun kein Strom fließt. Ob der Chef sich überlegt hat, dies zu ändern, weiß ich nicht. Auch nicht, ob die Tauben ihn stören oder ob am Zaun eine Taube und ein Wolf sich jemals schon begegnet sind.

Vor Kurzem bin ich am Zaun dem Koch begegnet.

Hier würden Kräuter wachsen, sagte er, letztes Jahr zumindest seien hier Kräuter gewachsen.

Ich schaute dem Koch nach und suchte dann zwischen Grashalmen nach Kräutern; nach Petersilie, Thymian oder Salbei. Da waren ausschließlich Gras, Löwenzahn, Klee. Sonst war da nichts.

Clemens und ich haben mit dem Ausgraben der Fallgrube begonnen. Ich habe mit einem Spaten den Löwenzahn, das Gras und Gestrüpp beseitigt, Wurzeln ausgerissen, mit einem Metermaß die Fläche ausgemessen und das Rechteck abgesteckt. Clemens hat in seiner Schicht begonnen, die Erde abzutragen. Nun stehe ich wieder an der Stelle und betrachte Clemens' Arbeit. Er ist kaum zwanzig Zentimeter tief gekommen. Die ausgehobene Erde liegt auf einem Haufen, darin steckt der Spaten. Ich zerreibe ein bisschen Erde zwischen meinen Fingern. Die Erde ist braungrau und klebrig. Ich wische die Erde an meiner Hose ab, ziehe den Spaten aus dem Haufen und grabe weiter.

Da sind die Fabrik, die Gebäude, meine Halle und die Wände in der Halle, die abgebröckelten Stellen daran, mein Bett, das Buch *Canis Lupus*, das Universal-General-Lexikon und weitere Bücher, der Stuhl, meine Kleider, das Waschbecken, das Glas, meine Zahnbürste darin, der Spiegel, der Tisch, die Blätter auf dem Tisch, die Blätter am Boden, der Kopierer, die Fenster, die Aussicht aus dem Fenster, der Koch, der Chef, Lose, Clemens, kein Wolf.

Je länger ich in der Fabrik bin, desto häufiger denke ich, dass es einfacher wäre, die Welt als Scheibe zu denken, mit klarem Rand, mit Welt und Nichtwelt, mit Etwas und

Nichts. Aber die Welt ist keine Scheibe. Die Welt ist nicht ausschließlich Etwas: Auf der Welt gibt es Stellen von Nichts. Der Wolf ist eine davon.

Ich denke an die Erde und ihre Krusten, an die kontinentale und die ozeanische, aus Basalt, Gabbro, Granit, Feldspat, Gneis, aus Sauerstoff, Silicium, Aluminium, Wasserstoff, Eisen, Natrium, Magnesium und einigem mehr. Ich denke an das, was unter den Krusten ist, an den oberen und den unteren Mantel, an noch mehr Gestein, an den äußeren, flüssigen Erdkern, an den Erdkern selbst. Ich denke an die mögliche Hitze in der Tiefe, an den hohen Druck, an die Unmöglichkeit, mitten in der Erde zu sein.

Der Dokumentarfilm beginnt mit einer Autofahrt. Eine Journalistin fährt in einem kleinen roten Wagen eine Serpentinenstraße hoch. Die Kamera ist abwechselnd auf sie und auf die Straße gerichtet. Links und rechts der Straße türmt sich Schnee. Die Journalistin parkt den Wagen vor einem barackenähnlichen Gebäude. Währenddessen ist die Stimme der Journalistin aus dem Off zu hören. Sie berichtet, dass sie auf dem Weg zu einem Observatorium sei, dass sie eine Seismologin besuchen werde, die sich mit den Hintergrundeigenschwingungen der Erde befasse.

In der Tür steht bereits die Seismologin, mit gelblichweißen Haaren, die sie zu einem Knoten zusammengebunden trägt. Vereinzelte Strähnen fallen ihr auf die Schultern. An ihrer rechten Hand trägt sie einen großen Silberring, in den ein grüner Stein eingelassen ist. Sie zeigt auf einen Eingang im Berg gleich hinter der Journalistin. Der Stollen, sagt sie, darin befindet sich das Observatorium, aber zuerst da entlang. Die Journalistin betritt nach der Seismologin das Gebäude. Sie gehen einen Flur hinunter. Die Kamera schwenkt in die einzelnen Räume, viele technische Geräte sind zu sehen, Monitore, Kabel, Seismogramme an den Wänden, Regale voller Ordner und Bücher.

Die beiden Frauen setzen sich an einen Tisch im hintersten Raum. Und bevor die Journalistin etwas sagt oder fragt, tritt die Seismologin an ein Regal und stellt eine Glasglocke, die an einem Eisengerüst befestigt ist, auf den Tisch. Sie schlägt mit einem Holz an die Glasglocke. Ein lauter Ton erklingt, wird immer leiser. Dann ist es lange still. Irgendwann räuspert sich die Journalistin, streicht sich mit der einen Hand über das Handgelenk der anderen Hand. Die Seismologin schaut auf und sagt, dass mit diesem Modell die Hintergrundeigenschwingungen der Erde am besten erklärt werden können: Etwas schlage auf der Erde auf und versetze sie in Schwingung, wie ein Pendel eine Turmglocke. Die Erde würde nach dem Anstoß, beispielsweise nach einem Erdbeben, lange klingen. Bei den Hintergrundeigenschwingungen der Erde verhalte es sich ähnlich, man müsse sich die Glocke vorstellen, die im Turm hängt und permanent vom Wind in leichte Bewegung versetzt wird. Das seien dann die Hintergrundeigenschwingungen, dieses stetige Schwingen.

Was der Auslöser dafür sei, fragt die Journalistin.

Und die Seismologin erklärt, man gehe davon aus, dass die Atmosphäre und die Ozeane permanent Druck auf die Erde ausübten und sie somit in Schwingungen versetzten. Aber das sei ja auch der Grund, warum sie hier arbeite, um genau das herauszufinden.

Ich weiß noch, dass ich viel auf den Silberring mit dem grünen Stein schaute, und erinnere mich daran, dass die Seismologin im Film immer wieder am Ring dreht. In meinen Augen sah er aus wie ein Miniaturmodell der Erde.

Später im Film betreten die Journalistin und die Seismologin den Stollen. Die Beleuchtung ist spärlich, tropfendes Wasser ist zu hören. Die Kamera streift an der Steinwand entlang. Granit, sagt die Seismologin. Flache weiße Spinnen halten sich dort auf und feine Wasserstraßen sammeln sich am unteren Ende der Wand, fließen als kanalisiertes Rinnsal zum Stollenausgang.

Vor einer Eisentür bleibt die Seismologin stehen. Weiter gehe es nicht, sagt sie, das sei die erste von zwei Luftdruckschleusen, dahinter befänden sich die hochsensiblen Messgeräte, die keinen Störungen ausgesetzt werden dürften, nicht einmal dem Luftdruck.

Ich frage mich, ob es den Dokumentarfilm, so wie ich mich an ihn erinnere, überhaupt gibt, ob es die Seismologin gibt, so wie ich mich an sie erinnere. Ob es zutrifft, dass sie *Granit* sagte, als sie und die Journalistin durch den Stollen gingen. Oder ob ich *Granit* gedacht habe oder jetzt denke, dass sie *Granit* gesagt hat, obwohl es nicht zutrifft. Vielleicht hat sie auf die Frage der Journalistin, ob sich ihr Bild von der Erde im Verlauf ihrer Arbeit verändert habe, nichts geantwortet. Vielleicht erinnere ich mich aber auch richtig und sie hat geantwortet, dass die Erde viel beweglicher sei als bisher angenommen, dass die europäische und die amerikanische Platte drei Zentimeter jährlich auseinanderdrifteten, dass man sich das einmal vorstellen müsse, dass sie sich das mittlerweile vorstellen könne, dass sich die Erde jeden Tag zweimal fünfzig Zentimeter hebe und senke. Die Erde sei nicht fest und stumm, sie sei beweglich und laut. Sie bewege sich um die Sonne, drehe sich um sich selbst und verdrehe sich einer Kordel gleich in sich selbst und wieder zurück.

Die Erde klinge. Für den Menschen nicht hörbar. Ihr Ton sei tief und beständig.

Es gibt eine Insel, die aus einem kleinen Hügel besteht. Darauf befinden sich eine Hütte, ein Mensch und ein Schaf.

Das Schaf ist froh um das Gras auf dem Hügel.

Der Mensch ist froh um das Schaf.

Manchmal stehen die beiden auf dem höchsten Punkt des Hügels (5,5 Meter über dem Meer) und manchmal schauen sie gleichzeitig aufs Meer, auf die Wellen und den Schaum auf den Wellen und weiter über das Meer zu anderen Inseln, zu anderen Küsten.

Ein Wolf auf dieser Insel wäre schlimmer als ein Wolf in der Fabrik.

Die Definition *Lebensraum des Wolfes = Wald und Berge* stimmt nicht mehr. Die Wölfe leben nicht mehr ausschließlich dort, wo sie einmal lebten. Die Definition *Ernährung des Wolfes = Hasen, Rehe, Schafe* stimmt nicht mehr. Den Hasen, Rehen und Schafen müssen Reste von Teigwaren, Kartoffelpüree, Gemüseauflauf, altes Brot und noch einiges mehr hinzugefügt werden.

Auch wenn mir das Reißen von Tieren gefährlicher erscheint als das Fressen der Containerreste, wird der Wolf jetzt als Bedrohung gesehen.

WOLF: Der Wolf ist jetzt eine Bedrohung.

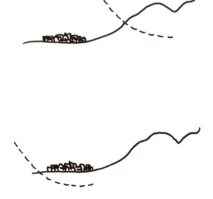

Clemens lädt mich zum Abendessen ein. Das sei ja nicht sehr abwechslungsreich, immer in der Kantine zu essen und immer nur das zu essen, was der Koch gerade koche.

Der Fabrik ist der Sonntag nicht anzusehen. Ich lasse sie hinter mir und gehe Richtung Stadt. Eine knappe halbe Stunde dauert es, bis ich zum Haus gelange, in dem Clemens wohnt. Seine Wohnung ist klein und vollgestellt. Eine Küche, ein Bad, ein Wohnzimmer und ein Schlafzimmer, das so groß ist, dass gerade ein Bett darin Platz hat.

Auf dem Schrank im Wohnzimmer stehen zwei ausgestopfte Vögel. Clemens bemerkt meinen Blick.

Ein Eichelhäher und eine Sperbertaube, sagt er. Meine Mutter war Museumspräparatorin, sie hat mir die beiden geschenkt. Eigentlich will ich sie schon lange einem Museum geben und tue es dann doch nie. Aber setz dich doch. Bier?

Gerne, sage ich und setze mich mit dem Rücken zum Tierschrank. Während wir essen, erzählt mir Clemens von einer großen Reise, die er machen wird, wenn die Fabrik schließt oder auch später: in die Anden oder ans Kaspische Meer, ans Kap der Guten Hoffnung oder nach Helgoland, Feuerland.

Vor uns faltet sich eine Weltkarte auf mit Seen und Flüssen, Meeren und Bergen, und die Fabrik wird immer kleiner, rückt immer weiter weg.

Was würden wir tun, wenn tatsächlich ein Wolf in die Falle ginge? Würde der Chef einen Jäger holen, der ihn erschießt? Würde ich versuchen, die Erschießung zu verhindern? Würde sich der Wolf beim Sturz in die Grube schwer verletzen und sterben, bevor der Jäger ihn erschießen kann?

Würde der Artenschutz vom gefangenen oder bereits toten Wolf erfahren und rechtliche Schritte einleiten?

Würden wir den Tierarzt holen und dieser würde mit einem Pfeil vom Grubenrand aus auf sein Fell zielen und ihn betäuben? Wie würde man den betäubten oder erschossenen Wolf aus der Grube holen? Kann ein einziger Mensch einen Wolf hochheben, und wie würde ein einziger Mensch mit einem Wolf im Arm oder über der Schulter eine Leiter hochsteigen? Würde man einen Gurt um den Wolf binden und ihn mit einem Hebekran aus der Grube holen?

Würde der betäubte Wolf in einen Zoo gebracht werden? Würde er in einer Tierklinik untersucht und verarztet werden, falls er sich beim Sturz in die Grube verletzt hätte? Würde er mit einem Chip versehen wieder in die Freiheit entlassen werden? Würde man Daten über ihn sammeln, den Weg, den er zurücklegt, verfolgen, sein Rudelverhalten erforschen?

Ich habe noch nie einen Wolf in freier Wildbahn gesehen, außer im Fernsehen und auf Fotografien. In Tierparks und Zoos habe ich Wölfe aus sicherer Distanz beobachtet, aber das ist schon einige Zeit her.

Vielleicht stelle ich mir den Wolf viel größer vor, als er in Wirklichkeit ist, oder viel grauer, stelle mir sein Knurren haarsträubender, seinen Blick stechender, seinen Gang wendiger vor. Vielleicht wäre ich enttäuscht, wenn ich einem echten Wolf begegnen würde.

Vielleicht verhält es sich mit dem Wolf ähnlich wie mit den Steinelefanten, die ich einmal an einer Klostermauer gesehen habe. Der Reiseleiter zeigte auf Figuren aus Stein und meinte, dass es sich dabei um Nachbildungen von Elefanten handele.

Ich schaute zu den Figuren hoch und erkannte Rüssel, große Ohren, aber die Figuren sahen nicht wie richtige Elefanten aus.

Der Reiseleiter erzählte, dass die Bildhauer die Tiere damals nie mit eigenen Augen gesehen hätten. Ihnen sei vom Aussehen der Elefanten nur erzählt worden. Entdecker, Welterkunder, die von ihren langen Reisen heimkehrten, berichteten ihnen, dass diese Tiere große Ohren hätten, riesenhafte Ohren, lange, bewegliche Nasen, Füße wie Regentonnen und Bäuche wie Hütten. Anhand dieser Erzählungen machten die Bildhauer sich an die Arbeit, mit Hammer und Meißel, tagelang.

Ich schaue aus dem Fabrikfenster. Weit hinten erkenne ich den Flughafen. Ich sehe die Fallgrube und denke an Clemens und daran, wohin wir den Aushub bringen, ob wir ihn innerhalb des Fabrikgeländes verteilen sollen oder ob wir ihn brauchen könnten, um den Schotterweg von der Straße zur Fabrik auszubessern, und ich überlege, ob es überhaupt sinnvoll ist, einen Schotterweg zu einer Fabrik auszubessern, die bald schließen wird.

ZAUN: Gestern sah ich eine Wespe durch eine Masche im Zaun fliegen.

Ich stehe neben Lose. Lose steht an der Maschine.

Ob der Chef nicht versuche, die Schließung zu verhindern, frage ich.

Lose stützt sich mit der Hand, an der ihm ein Finger fehlt, auf der Maschine ab. Mit der anderen drückt er einen roten Knopf, der das Förderband zum Laufen bringt.

Der Chef ist einer, sagt Lose, der die Weihnachtsbeleuchtung das ganze Jahr über im Garten hat, weil er zu faul ist, sie jedes Jahr von Neuem aufzuhängen, wie soll er da die Schließung verhindern?

Das ist ein schlechter Vergleich, sage ich und denke über die Worte des Chefs nach, darüber, dass er will, dass alles mit rechten Dingen abläuft, und er sich zum Ende hin keine Fehler erlauben möchte.

Es bleibt die Frage, ob eine Fallgrube zu den *rechten Dingen* gehört.

Es bleibt auch die Frage, was der Chef damit bezweckt, einem Wolf Fallen zu stellen, den erstens nur eine Person gesehen haben will und der zweitens, auch wenn er sich tatsächlich auf dem Gelände herumtreibt, noch keiner Person etwas zuleide getan hat.

An uns fahren Kartonbogentürme vorbei auf dem Weg zur Weiterverarbeitung im Slotter. Wer die alle braucht, frage ich mich und bin gleichzeitig froh, dass noch einige davon gebraucht werden, dass die Maschinen nicht heute schon stillstehen.

Der Chef will nach der Fabrik seine Memoiren schreiben. Er will sie über sich schreiben, hauptsächlich, und über die Fabrik.

Vielleicht wird darin zu lesen sein, wie die Fabrik zerfällt. Der Chef möchte über die einst gute Infrastruktur, die Produktionsqualität, die Umweltfreundlichkeit, die gute Arbeitsatmosphäre berichten. Er will erwähnen, dass die Fabrik einst florierte.

Der Chef wünscht sich für den Einband seiner Memoiren in Buchform eine Luftaufnahme der Fabrik; Vogelperspektive.

Wenn er keine Flugangst hätte, sagt der Chef, dann hätte er sich schon längst eine Heißluftballonfahrt oder besser einen Segelflug geschenkt und wäre lange über der Fabrik gekreist, hätte fotografiert und mit Zufriedenheit festgestellt, dass sie auch von oben wie eine Fabrik aussieht und dass sie aus der Höhe betrachtet zwar kleiner wirke, aber nicht weniger hübsch in der Anordnung ihrer Hallen.

Clemens und ich kratzen an der obersten Schicht der Erde, an einem Bruchteil ihrer Kruste. Im Verhältnis zur Dicke der Erdkruste wird unser drei Meter tiefes Loch nicht von Belang sein.

Das tiefste Loch, das jemals gebohrt wurde, ist über zwölf Kilometer tief, sage ich und versuche eine dicke Wurzel auszureißen. Zum Glück ist unser Grabungsprojekt nicht ganz so groß angelegt und nicht von wissenschaftlichem Interesse, sonst würden wir Jahre hier verbringen.

Ich lasse von der Wurzel ab, setze mich auf den Grubenrand und denke an die Seismologin aus dem Dokumentarfilm, daran, dass sie sagte, es sei unmöglich, bis ins Innerste der Erde zu schauen, die Erde sei noch immer eine große Unbekannte, obwohl wir schon Jahrtausende auf ihr herumlaufen, das Innere der Erde sei für uns eine ausgerechnete Vermutung.

Clemens zerknüllt eine Zeitung und legt kleine Äste darüber. Dann zündet er die Zeitung an. Ich schaue den Flammen zu, die von der Zeitung auf die Äste wandern, wie Finger, die hastig nach etwas greifen.

Er setzt sich neben mich auf den Grubenrand.

Als ob der Wolf so dumm ist und in diese Falle gehen wird, der wittert doch die Gefahr, sagt er.

Wenn wir die gut tarnen, wenn dann der Holzdeckel darüber ist, Äste und Laub –

Das sind schlaue Tiere.

Ich zucke mit den Schultern.

Was würdest du tun, wenn du einem Wolf begegnen würdest?

Ich sage, dass ich nicht wisse, wie ich mich verhalten würde, wenn ich einem Wolf begegnen würde, vielleicht würde ich es wie der Koch machen, mich ruhig verhalten, keine schnellen Bewegungen machen, das sei einleuchtend.

Der Koch hat keine Ahnung, sagt Clemens. Wenn du einem Wolf begegnest, dann musst du Lärm machen, musst klatschen, laut reden, singen. Wenn der Wolf dann nicht abhaut oder sogar stehen bleibt, dann musst du dich groß machen, die Arme in die Höhe heben. Wenn er dann doch angreift, musst du dich wehren, das hat mir Lose erzählt, und der muss es wissen, der ist Jäger, sagt Clemens.

Ich stelle es mir äußerst schwierig vor, mich gegen einen Wolf zu wehren.

Bei einem Bärenangriff hingegen muss man sich tot stellen, sagt Clemens, den Nacken mit den Händen schützen, weil Bären ihre Beute gerne dort packen und ins Unterholz ziehen. Auch wenn das geschehen sollte, muss man weiterhin so tun, als sei man tot, dann verliert er eher das Interesse.

Ich versuche mir vorzustellen, von einem Bären ins Unterholz gezogen zu werden und nicht zu schreien. Ich versuche mir vorzustellen, mit einem Wolf zu kämpfen. Ich denke an Loses fehlenden Finger und daran, dass es bei einem Jagdunfall geschehen sein könnte, bei einer Begegnung mit einem Bären oder einem Wolf.

Ich finde Clemens beim Zaun. Schichtwechsel, sage ich. Ist etwas vorgefallen?
 Eine Eule bei der Lagerhalle. Clemens gähnt.
 Immerhin eine Eule. Ich beginne meinen Rundgang. Die Nächte sind ruhig. Kaum etwas ist zu hören. Nachts stehen in der Produktionshalle die Maschinen still. Selten ein Vogel. Selten das Geräusch eines Autos von der Straße her.

Der stillste Ort der Welt ist eine schalldichte Kammer. Sie ist umschlossen von Beton-, Stahl- und Glasfaserwänden und steht auf gefederten Stelzen. In der Kammer gibt es kein Echo, kein einziges Geräusch wird reflektiert. Dort wird die Akustik von Dingen getestet; das Knacken von Keksen, das Surren von Klimaanlagen, das Zischen, Brausen, Brummen anderer Geräte. Dort ist es so unfassbar still, dass man seinen eigenen Herzschlag, das Blut in den Ohren rauschen hört; das Grummeln des Magens, das Rasseln der Lungen. Menschen, die in der Kammer waren, berichten, dass sie die Orientierung verloren hätten, dass ihnen schwindlig geworden sei und sie die Kammer so schnell wie möglich wieder hätten verlassen wollen.

Vier Kilometer rund um die Fabrik erstrecken sich flache Felder: Mais, Getreide, Raps, unter anderem.
 Feldwege trennen sowohl Mais wie auch Getreide und Raps.
 Da, wo die Felder aufhören, kommt Wald.

Das Land liegt dort nicht mehr flach, es wellt sich, je weiter, je höher, und wird zu Bergen, weit hinten.

Von dort kommen die Wölfe, sagte der Chef, als er mich bei meinem ersten Gang über das Fabrikgelände begleitete. Er wies mit seinem Finger durch eine Masche im Zaun zu den Bergen.

Ich laufe den Waldrand entlang. Und dann vergesse ich den Wolf und den Zaun. Vor mir steht ein Metallkreuz, grob geschweißt, die Schweißnaht zu erkennen, das Metall von Luft und Regen an manchen Stellen rostig und porös. Es steckt am Waldrand in der Erde. Es steht dort schief und allein.

Ich finde keine Aufschrift, keinen Hinweis, warum es dort in den Boden gerammt wurde.

Von hier aus ist die Fabrik nur noch als Fabrik zu erkennen.

Auf den Monitoren bewegt sich nichts. Wenn ich lange genug hinschaue, dann meine ich, dass sich die Grashalme, die an der Fabrikmauer aus dem Boden wachsen und die ich von hier aus kaum als Grashalme erkennen kann, im Wind bewegen. Lange starre ich auf diese Stelle, dann kommt doch Bewegung ins Bild. Ich sehe Lose die Produktionshalle verlassen. Er trägt eine karierte Jacke, er schaut auf etwas in seinen Händen, das ich von hier aus nicht sehen kann. Dann hebt er seinen Kopf und schaut direkt in die Kamera. Er winkt. Ich erschrecke und rutsche mit dem Stuhl vom Tisch weg. Ich dachte, dass nur Clemens und ich den Kameras Beachtung schenken, da wir mit ihnen zu tun haben, da wir jede Nacht ihre Bilder empfangen. Ich fühle mich ertappt und frage mich, wobei. Beim Sitzen in einem Überwachungsraum? Beim Starren auf Monitore?

Ich denke an das erste Gespräch, das ich mit Lose geführt habe, an die Verwechslung des Kochs, an den verschollenen Astronauten. Vielleicht hat der Koch sich nicht geirrt. Vielleicht war Lose wirklich Astronaut, vielleicht hat er jahrelang am stillsten Ort der Welt, in der schalldichten Kammer, trainiert, um sich an die Stille im All zu gewöhnen. Vielleicht ist er dann zu seinem ersten Raumflug aufgebrochen, hat beim Start dem Lärm standgehalten, der Geschwindigkeit, dem Druck und im All der Enge und Stille, hat sich über die Schwerelosigkeit gefreut, hat seinem Herzschlag gelauscht, hat pulverisierten Apfelsaft und gefriergetrocknetes Kartoffelpüree gegessen, hat die Verbrennung von Materialien und die Legierung von Metallen in der Schwerelosigkeit untersucht.

Vielleicht hatte die Kapsel bei der Rückkehr auf die Erde Probleme, alle Fallschirme zu öffnen, und überschlug sich bei der Landung. Vielleicht fehlt Lose deshalb ein Finger.

Das ist die Fundstelle eines Toten, sagt Clemens, als ich ihn nach dem Kreuz frage. Es wurde vor acht Jahren dort aufgestellt. Niemand konnte sich erklären, wie die Leiche des Mannes an den Ort gelangt und woran er gestorben ist. Das hat damals die ganze Fabrik, die ganze Stadt betroffen gemacht. Ich solle Lose fragen, sagt Clemens, Lose kann davon erzählen. Er war am meisten betroffen.

Während wir auf Monitore starren und Flugzeuge starten und landen, kommen Wölfe, und Menschen sterben am Waldrand. Ich beschließe, Lose zu fragen, warum er am meisten von allen betroffen gewesen ist.

Lose sammelte alles über den Toten in einer Mappe. Vollkarton, A4 plus. Auf der Mappe lese ich: M. d. v. H. f.

Mann, der vom Himmel fiel, erklärt Lose die Abkürzung. Da ist alles drin, was ich finden konnte, das ist alles, was von ihm übrig geblieben ist. Ich öffne die Mappe und blättere durch Zeitungsartikel und Bilder.

Es ist nicht viel, sagt Lose.

Einige der Artikel sind mit Notizen versehen, bestimmte Textstellen sind umkreist oder unterstrichen. Er sei sich oft wie ein Archäologe vorgekommen, der versucht, die Bruchstücke zu einem Ganzen zusammenzufügen. Vielleicht ist mir Lose deshalb so sympathisch, weil ihn Dinge nicht mehr loslassen. Vielleicht hat auch Lose bemerkt, dass wir uns in dieser Hinsicht ähnlich sind.

Lose erinnert sich noch gut. Er stand früh auf an diesem Morgen. Er zog sich an. Er frühstückte, ein Stück Brot mit einer dicken Schicht Butter, wie jeden Morgen. Er machte Kaffee und goss ihn in eine Thermoskanne, die er in seinen Rucksack packte, ebenso wie einen Apfel und sein Fernglas. Er nahm den Rucksack und sein Gewehr und ging aus dem Haus Richtung Wald. Es war noch dunkel oder schon dämmrig, das kann er nicht mehr mit Sicherheit sagen. Er erreichte den Waldrand und den Hochsitz, kletterte die Leiter hoch; vorsichtig. Es war eine Sprosse gebrochen, ein Jahr zuvor. Dabei war niemand zu Schaden gekommen, aber man wisse ja nie. Spätestens seit alldem wisse man nie.

Oben angekommen, lehnte er das Gewehr und den Rucksack an die Holzbank und setzte sich hin. Dann füllte er den Thermoskannendeckel mit Kaffee und trank daraus, und dabei dachte er an Rehe und an Wildschweine, an die Stille.

Er blickte durch das Fernglas über das Feld. Die kleine Ulme kam ihm ins Blickfeld und ihm fiel auf, dass sie schnell gewachsen war im letzten Jahr, und als er an die Ulme und ihr Wachsen dachte, da sah er etwas fallen. Es war groß. Es war ungemein schnell. Er dachte an einen riesigen Vogel, der sich auf seine Beute im Feld stürzte, an Brocken aus dem All, an einen Meteoriten, an einen Teil von einem Satelliten, irgendein Metallstück. Er dachte, dass er alt werde und dass seine Augen schlechter würden und dass es Nebel gebe, keinen dichten zwar, aber Nebel, und dass andauernd Flugzeuge am Himmel zu sehen seien, dass ein Metallstück nicht das Abwegigste sei oder ein Flugzeuglicht, das ihn irritiert habe. Vielleicht ein Fleck auf seiner Netzhaut, Unkonzentriertheit, eine falsche Verbindung in seinem Gehirn. Daran hielt er fest und schaute wieder zur Ulme und dachte nicht mehr an das Gefallene, sondern wieder an Rehe und Wildschweine.

Lose hat einen Menschen vom Himmel fallen sehen und dabei nicht an einen Menschen gedacht. An der Stelle, an der der Mann auf dem Boden aufprallte, dort, wo er später gefunden wurde, steht jetzt ein Kreuz.

Ich höre den Fluglärm deutlicher als sonst, vielleicht hat der Wind gedreht, vielleicht höre ich heute auch besser hin. Wie es wohl für die Menschen war, die die allerersten Flugzeuge sahen oder in einer dieser ersten Maschinen saßen? Jeder Mensch sieht in seinem Leben irgendwann zum ersten Mal ein Flugzeug, nur ist die Erinnerung daran verblasst. Es ist nicht mehr erstaunlich, Flugzeuge zu sehen. Es liegt keine Besonderheit darin. Eine Besonderheit liegt darin, einen Wal zu sehen oder das Innere der Erde.

Sie haben in der Kantine die Nachrichten geschaut; Clemens, der Koch und Lose. Der Koch lässt den Fernseher nie laufen, aber da hat er eine Ausnahme gemacht. Clemens bestand darauf.

Die Fundstelle des Toten wurde gezeigt. Polizisten liefen herum, zwei von ihnen rammten Eisenstangen in den Boden und zogen ein Absperrband darum, im Hintergrund war Clemens zu sehen, mit ein paar anderen Umstehenden, daran erinnert sich Lose noch gut. Die Pressesprecherin der Polizei erschien im Bild. Sie zeigte auf eine brennende Kerze am Boden. Lose kann sich nicht mehr wortwörtlich daran erinnern, aber sinngemäß habe sie gesagt, dass die Ermittlungen noch nicht abgeschlossen seien und die Polizei vor einem Rätsel stehe, dass man nicht wisse, wie der Mann zu Tode gekommen sei, jegliche Spuren würden fehlen, Schleifspuren, Eindruckspuren, Schnittspuren oder Fußspuren, man wisse auch nicht, wer der Tote sei.

Der Pressesprecherin fiel eine Haarsträhne ins Gesicht, daran erinnert sich Lose, und sie hat sie viel zu spät, wie es ihm schien, aus ihrem Gesicht gestrichen. Auch hatte er den Eindruck, dass die Pressesprecherin, als sie fertig gesprochen hatte, nicht mehr wusste, wohin sie schauen sollte, und dann schaute sie zu Boden und die Kamera schwenkte zur Seite und filmte die brennende Kerze und zoomte heran. Daran kann er sich erinnern.

Beim Toten wurden keine Papiere gefunden. Das Einzige, was die Polizei fand, waren eine Halskette, ein T-Shirt und eine Jeans. Er trug eine Banknote der Zentralafrikanischen Zentralbank bei sich, zudem war auf dem T-Shirt das Logo einer Firma zu sehen, die ihren Sitz angeblich in Kamerun hat. Das alles und seine dunkle Hautfarbe ließen die Vermutung zu, dass er aus Kamerun stammen könnte. Ob das zutrifft, konnte nicht definitiv festgestellt werden. Bis jetzt nicht.

M. d. v. H. f.

In der Nähe eines Flusstobels wurde die Leiche eines dunkelhäutigen Mannes gefunden. Die rechtsmedizinischen Untersuchungen haben ergeben, dass der Tote zahlreiche Frakturen aufweist. Die genaue Todesursache steht jedoch noch nicht fest. Auch der genaue Zeitpunkt des Todes muss noch abgeklärt werden sowie die Art und Weise, wie der Mann an den Ort gelangt ist, an dem man ihn tot aufgefunden hat. Es wurden Suchhunde losgeschickt, das ganze Gelände wurde abgesucht. Von der Identität des Mannes fehlt nach wie vor jede Spur.

Bevor Clemens mich fragen kann, ob ich den Wolf gesehen hätte, sage ich ihm, dass Lose mir vom Mann erzählt habe, der vom Himmel fiel. Was er darüber wisse, frage ich.

Lose ist Zeuge gewesen, ohne dass er sich dessen bewusst war, sagt Clemens. Es ist ihm erst viel später klargeworden. Der Tote ist auch viel später erst gefunden worden. Sicher drei Wochen lang hat er im Wald gelegen. Als dann aber die Meldung in den Nachrichten kam, da hat Lose sich erinnert, da ist es ihm wie Schuppen von den Augen gefallen.

Als ich mir Schuppen vorstelle, die von Loses Augen fallen, sagt Clemens, dass Lose sich dann bei der Polizei gemeldet und von seinem Jagdausflug erzählt habe und davon, dass er etwas vom Himmel habe fallen sehen. Erst da habe die Spurensicherung die Bäume untersucht und abgebrochene Äste in den Kronen gefunden. Erst da sind sie darauf gekommen, dass der Mann vom Himmel gefallen sein muss, sagt Clemens. Daran hat vorher ja keiner gedacht. Als man den Mann gefunden hat, da hat man nicht gewusst, wie er an den Ort gelangte.

Ich selber bin an der Fundstelle gewesen, sagt Clemens, ich habe Polizeisirenen gehört und Blaulicht gesehen und bin mit dem Fahrrad hingefahren, ich habe an einen Brand gedacht, wollte nachsehen, was los ist. Es hörte sich so an, als stünde ein Großteil des Waldes in Flammen. Rauch war nicht zu sehen, auch kein Feuer. Als ich dort angekommen bin, waren da überall Polizisten. Sie haben ein Absperrband gezogen und sind zu mir gekommen und zu noch fünf oder sechs weiteren Personen, die sich vor dem Absperrband versammelt hatten. Die Polizisten haben gefragt, ob jemand etwas gesehen oder gehört hat, ob jemandem etwas aufgefallen ist. Sie wollten wissen, woher ich und die anderen gekommen sind und warum wir hier sind, und ich habe Auskunft gegeben, und dann haben die Polizisten uns gebeten, den Fundort zu verlassen. Ich habe gefragt, was los sei, und ein Polizist hat geantwortet, dass das hier ein Tatort sei und dass er keine weiteren Auskünfte geben könne. Erst später in den Nachrichten habe ich erfahren, dass ein unbekannter Toter gefunden wurde.

In meinem Universal-General-Lexikon lese ich VERMISSTE PERSON: eine Person, deren Schicksal und Aufenthaltsort unbekannt sind. Dies kann im Rahmen eines besonderen Ereignisses oder aus eigenen Beweggründen der Fall sein.

Außergewöhnliche Todesursache:

1. Wer beim Tod einer unbekannten Person zugegen ist, eine Leiche findet, vom Tod einer unbekannten Person oder vom Todesfall einer unbekannten Person Kenntnis erhält, erstattet der Polizei oder der Staatsanwaltschaft unverzüglich Anzeige.

2. Außergewöhnlich im Sinne dieses Erlasses ist insbesondere jeder Todesfall, a) der plötzlich und unerwartet erfolgt, b) bei dem Fremdeinwirkung nicht ausgeschlossen werden kann, c) mit besonderer Vorgeschichte, in besonderen Situationen oder bei besonderen Befunden an der Leiche.

Eine Halskette, ein T-Shirt und eine Jeans. Was sagt eine Jeans über einen Mann aus, der vom Himmel fiel?

Dass er ein Jeansträger war.

Dass er per Zufall an diesem Tag eine Jeans trug.

Dass, handelt es sich um eine alte, abgewetzte Jeans, er diese Hose oft getragen hat.

Aus Letzterem ließe sich schließen, dass er sie gerne trug oder nur wenige Hosen besaß.

Vielleicht hat Lose alles über den Mann, der vom Himmel fiel, gesammelt, weil er ein schlechtes Gewissen hatte, da er nicht vom Hochsitz hinuntergeklettert war und nachgeschaut hatte.

Vielleicht dachte er, dass der Mann da noch zu retten gewesen wäre, dass er überlebt hätte, wenn er, Lose, nur nicht zu faul, nur nicht zu träge, nur nicht einfach sitzen geblieben wäre, mit seinem Kaffee im Thermoskannendeckel, vor sich die Ulme, der niemand etwas anhaben kann, die einfach dasteht, die Menschenleben überdauert, der nicht anzusehen ist, dass ganz in ihrer Nähe ein Mensch sein Leben verlor, die irgendwann gefällt und zu Brennholz oder zu Brettern verarbeitet wird, als Tisch in einem Wohnzimmer steht oder in einer Küche. Warum hätte ich denn an einen Menschen denken sollen, sagte Lose, als er mir die Mappe gab.

In Loses Mappe finde ich ein Bild von Ikarus, mit federbesetzten Armen, kopfüber und unter ihm das Meer. Ich hänge das Bild mit einem Reißnagel an die Wand.

In einem Waldstück in der Nähe eines Flusstobels wurde die Leiche eines dunkelhäutigen Mannes gefunden. Es wird vermutet, dass der Mann ein afrikanischer Flüchtling ist, der als blinder Passagier im Schacht eines Flugzeugfahrwerks mitgeflogen ist. Es ist davon auszugehen, dass er (bereits während des Fluges) erfroren und beim Landeanflug in die Tiefe gestürzt ist.

Ich falte aus einem Papier ein Flugzeug. Ich werfe es in die Luft und es prallt gegen die Fensterfront. Das Fensterglas nimmt keinen Schaden. Das Flugzeug einen kleinen. Als ich es aufheben will, entdecke ich in der Ritze zwischen Boden und Wand ein Legomännchen. Vielleicht haben hier Kinder gespielt und das Legomännchen verloren und nicht mehr gefunden, weil es sich in die Ritze drückte und ungesehen blieb. Vielleicht gehört es dem Chef oder dem Koch. Ich stelle das Legomännchen auf den Tisch. Es hat rote Hosen und einen blauen Pullover, einen Strichmund und zwei Punkte als Augen. Ich binde eine Schnur um den Rumpf des Männchens und hänge es mit einem Reißnagel an die Wand vor das Bild von Ikarus.

Die Beine des Legomännchens nach unten, den Kopf nach oben. Ikarus' Beine nach oben, Ikarus' Kopf nach unten. Beide können nicht fallen. Das Legomännchen nicht, weil der Faden hält, der Reißnagel auch. Und Ikarus nicht, weil im Bild sein Fallen unendlich ist. Ich meine nur, dass Ikarus fällt, weil ich seine Geschichte kenne und weil ich von den Gesetzen der Schwerkraft weiß. Und weil ich sowohl an die Gesetze der Schwerkraft als auch an Geschichten glaube, sehe ich seinen Aufprall, sein Versinken im Meer. Auf dem Bild aber ist er gefangen in der Luft, irgendwo dazwischen.

Was auch vom Himmel fallen kann:
   Meteorit, Venezuela, Oktober 1972
   Steinregen, Stannern / Mähren, Mai 1808
   Große gelbe Mäuse, Norwegen, 1578
   Metallkugel, Windhoek / Namibia, Dezember 2011
   Katzenwelse, Singapur, Februar 1861
   Bohnen, Blackstore / Virginia, August 1958
   Tank der Raumfähre Columbia, Nacogdoches / Texas, Februar 2003
   Vögel, Beebe / Arkansas, Dezember 2010
   Kröten, Toulouse, August 1804
   Haupttriebwerk einer Delta-2-Rakete, Georgetown / Texas, Januar 1997

Am Tisch neben Lose und mir sitzt ein Lastwagenfahrer, und ich meine zu erkennen, dass es derselbe Lastwagenfahrer ist, den ich schon einmal in der Kantine gesehen habe. Ich frage mich, wo sein Kollege ist, ob die baldige Schließung der Fabrik auch Auswirkungen auf die Anzahl der Personen in einem Lastwagenfahrerteam hat. Auch Lose ist es aufgefallen.

Wo ist denn Rolf, fragt er über den Tisch hinweg.

Grippe, sagt der Lastwagenfahrer und steht auf. Die Männer nicken sich zu und der Lastwagenfahrer verlässt die Kantine.

Der war noch nie sehr gesprächig.

Du ja auch nicht, sage ich.

Natürlich bin ich gesprächig.

Lose sticht in das Stück Zitronenkuchen auf seinem Teller. In den Nachrichten wurde über den Toten berichtet, sagt er. Daraufhin meldete ich mich bei der Polizei. Sie kamen dann zu mir nach Hause. Ich schaute aus dem Fenster und sah das Polizeiauto und zwei Polizisten, die ausstiegen. Kurz darauf klingelten sie an meiner Haustür. Ich öffnete ihnen, und sie sagten, dass sie von der Polizei seien, was ich als überflüssig empfand, da sie ja Uniformen trugen. Die Polizisten wollten wissen, wo genau sich der Hochsitz befinden würde und was genau ich gesehen hätte, warum ich nicht hinuntergeklettert sei, um nachzuschauen. Ich antwortete, dass ich meinen Augen nicht getraut und wirklich keinen Moment lang an einen Menschen gedacht hätte, dass ich erst später, als ich die Nachrichten sah, als ich den Ort erkannte und die Pressesprecherin sagen hörte, dass der Mann schon länger da gelegen habe, dass ich mich erst da habe erinnern können.

Die Polizisten gingen in meiner Wohnung umher. An ihren Schuhen klebte Dreck.

Einer der Polizisten bemerkte meinen Blick und stieß seinen Kollegen an. Und dann schauten sie sich gegenseitig auf die Füße.

Entschuldigen Sie, sagte der eine Polizist, der andere bückte sich und verstrich den Dreck mit einem Taschentuch zu einer hellbraunen Fläche. Und dann sind sie gegangen.

Lose schiebt den Teller von sich weg. Die Augen, sagt er, sind die wichtigsten Werkzeuge, nicht nur für Nachtwachen. Das genaue Beobachten, das Sehen und Erkennen. Ich kann meinen Augen nicht mehr trauen.

Ich würde Lose gerne sagen, dass man nicht alles sehen kann oder nicht alles im richtigen Moment richtig sehen kann, dass nicht oft Menschen vom Himmel fallen, dass es verständlich ist, dass er nicht sofort, dass er sitzen geblieben, dass er nicht hinuntergeklettert ist, um nachzuschauen. Stattdessen sage ich nichts und wische Zitronenkuchenkrumen von der Tischplatte, die dort gar nicht sind.

Ich frage mich, ob die Nacht etwas mit mir macht, ob sie mich verändert, ob ich blassere Haut bekomme, meine Haare weniger schnell wachsen. Vielleicht sehe ich im Dunkeln mehr, als ich noch vor einigen Wochen gesehen habe. Vielleicht werden meine Augen fähiger auf die eine oder andere Weise.

Die Taschenlampe macht die Nacht nicht heller. Im Gegenteil. Das grelle Licht drückt die Nacht lediglich zur Seite. Außerhalb des Lichtkegels aber ist sie umso dunkler.

Ich fürchte mich nicht vor dem Wolf. Ich fürchte mich manchmal vor der Dunkelheit.

Die einzigen Lichter, die zu sehen sind, sind die des Flughafens weit hinter dem Fabrikzaun. Ich frage mich, ob der Wolf, wenn er hier irgendwo ist, das Licht des Flughafens als zu hell empfindet, ob er den Fluglärm hört, ob das etwas auslöst in ihm, Unruhe oder Besorgnis, ob er sich darüber ärgert. Ich frage mich, ob er auch dort schon war, ob er auch dort nach Essensresten suchte, über die Rollfelder streifte und mit seiner Flanke die Flugzeugräder der geparkten Maschinen berührte.

Das Legomännchen regte sich nicht. Nicht, als ich es aus seinem bis vor Kurzem bewährten Versteck zog. Nicht, als ich den Staub von seinem Plastikkörper wischte. Nicht, als ich um seinen Rumpf eine Schnur legte. Und auch nicht, als ich die Schnur mit dem Legomännchen daran mit einem Reißnagel an der Wand befestigte.

Ich nehme das Legomännchen herunter, schneide ihm den Faden vom Körper, stelle es auf die Tischplatte. Ich schiebe es mit meinem Finger bis zur Tischkante und stupse es an. Es fällt über die Tischkante.

Ich zeichne sechs Mal einen Regenschirm.

Seit ich weiß, dass nicht weit von meiner Halle ein Mann aus einem Flugzeug fiel und als Unbekannter gefunden wurde und ein Unbekannter blieb, scheinen mir die grundlegendsten Dinge nicht mehr sicher zu sein: die Zugehörigkeit zu einer Familie, der eigene Name.

Der Mann, der vom Himmel fiel, hatte Eltern, hatte vielleicht Geschwister. Vielleicht warten seine Verwandten und Freunde auf ein Lebenszeichen von ihm, vielleicht suchen sie ihn, vielleicht wissen sie nicht, dass er tot ist. Für sie ist er vielleicht verschollen. Vielleicht vermuten sie auch seinen Tod, weil sie von seinem Vorhaben wussten, die Risiken kannten.

Ich stehe in der Grube. Die auszugrabende Fläche erscheint mir von hier aus größer als vom Grubenrand aus. Ich grabe lange, ich grabe schnell. Bei jeder Schaufel Erde, die ich über den Rand werfe, fühle ich mich erleichtert, und ich frage mich, warum.

Ich denke an Archäologen. Daran, dass in diesem Augenblick andere Menschen auch in der Erde graben. Vielleicht wurden irgendwo bei Bauarbeiten alte Mauerreste gefunden. Vielleicht wurden die Bauarbeiten gestoppt. Ein Bruchstück vergangener Zeiten hat die Bagger zum Stehen gebracht. Die Bauarbeiter sind gegangen und die Archäologen sind gekommen.

Fundbearbeitung, freipräparieren, Suchschnitt. Beil, Bohrer, Hacke, Feile, Hammer, Pinsel, Bürste, Schaufel, Handsieb, Spaten. Sie schaben, kratzen, löffeln aus. Sie tragen schwere Schuhe, staubige Kleider und gelbe Helme, ihre Hosen sind an den Knien braun von der Erde. Sie graben in gelbgrauem, stark kalkhaltigem, lehmigem Schluff. Zentimeter um Zentimeter kratzen sie mit ihren kleinen Hacken an den Wänden. Der Schweiß zeichnet Rinnsale über ihre verstaubten Gesichter. Sie verstreichen sie zu braunen Flächen auf ihrer Haut. Die Größe ihrer Nasen und Münder, ihre Augenabstände sind nicht zu erkennen. Sie sind kaum voneinander zu unterscheiden.

Sie hoffen, dass sie fündig werden. Sie hoffen auf Mauerreste von historischem Wert. Sie hoffen auf Mauerreste, aus denen Schlüsse gezogen werden können. Solche, über die sie einen Artikel schreiben können, in einer Zeitschrift, die von Bedeutung ist für Archäologen und für Mauerreste. Sie denken an Münzen, an Knochen und Gefäße, an Keramik, Glas, Silber, Eisen, Bronze. Sie fragen sich, wie lange sie graben werden. Sie denken schon heute an morgen und graben weiter in der Vergangenheit.

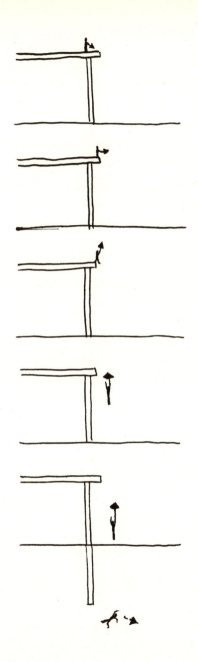

Das Legomännchen prallt auf den Boden. Ich hebe es auf und lege es vor mir auf den Tisch.

Die Tischhöhe beträgt 76 cm.

Der Durchschnittswert für die Fallbeschleunigung auf der Erde:

$g = 9{,}81 \text{ m/s}^2$.

$t = \sqrt{2h/g} = \sqrt{(2 \times 0{,}76 \text{ m}) / (9{,}81 \text{ m/s}^2)} = 0{,}3936 \text{ s}$

0,3936 Sekunden dauerte sein Fall, von der Tischkante bis zum Boden.

Das Flugzeug befand sich in 800 Metern Höhe, als der Mann aus dem Fahrwerk fiel. Ein Körper erreicht bei dieser Fallhöhe eine Geschwindigkeit von 200 Kilometern pro Stunde.

Meine Geschwindigkeit beträgt 0 Kilometer pro Stunde. Die Luft in der Halle kommt mir stickig vor und ich würde gerne das Fenster öffnen, aber die Fabrikfenster lassen sich nicht öffnen. Die Luft im Fahrwerk muss immer dünner geworden sein, so dass dem Mann das Atmen schwerfiel. Ich öffne die Hallentür.

Das Büro für Flugunfalluntersuchungen bestätigt, dass es im Innern eines Flugzeugfahrwerks sehr eng ist. Nur bei größeren Maschinen ist es für einen Menschen überhaupt möglich, in den Bereich des Hauptfahrwerks zu gelangen. Dabei muss die Person genau wissen, wie sie sich platzieren muss, um nicht erdrückt zu werden.
Richtig gefährlich wird es, wenn das Flugzeug steigt. Die Temperatur sinkt auf minus 60°C, die Luft wird immer dünner, der Körper bekommt nicht mehr genügend Sauerstoff.
Durch den Sauerstoffmangel setzt eine Art Euphorie ein, auf die Wahrnehmungseinschränkungen folgen, später Bewusstlosigkeit.

Die Artikel in Loses Mappe sind sorgfältig ausgeschnitten. Warum hat er gewisse Wörter umkreist? Was hat ihn stutzig gemacht, dass er sie hervorhob von dem restlichen Text?

Bei gewissen Stellen meine ich die Gründe zu kennen. Zu lesen, dass der Mann *bereits während des Fluges* starb, muss ihn erleichtert haben. Er hätte dem Mann nicht mehr helfen können, auch wenn er vom Hochsitz hinuntergeklettert wäre, um nachzuschauen. Das Wort *Wahrnehmungseinschränkungen* hat ihn vielleicht an sich selbst erinnert, an den Morgen auf dem Hochsitz, an sein Versäumnis, nicht im richtigen Moment das Richtige gesehen zu haben.

In einer Höhe von 8000 Metern friert der menschliche Körper langsam ein, lese ich in Loses Mappe.

Der Mann sitzt im Hauptfahrwerk des Flugzeugs. Es ist eng, es ist laut. Das Flugzeug rollt an und hebt ab. Das Hauptfahrwerk wird eingefahren. Der Mann sitzt im Hauptfahrwerk. Das Flugzeug steigt. Es wird kälter; je höher, desto kälter. Das Flugzeug setzt zur Landung an. Das Hauptfahrwerk wird ausgefahren. Ein Erfrorener fällt.

Da sind nur eine Hautfarbe, eine Geschlechterzuordnung, Knochenbrüche, eine Banknote, eine Halskette, ein T-Shirt und eine Jeans.

An einer Schnur um den Hals trug der Mann ein Amulett. Was sagt ein Amulett über einen Menschen aus? Trug der Mann das Amulett zum Schutz? Zum Schutz wovor? Kein Schutz vor Höhe, kein Schutz vor Kälte.

ERFRIERUNG: schwerste Kälteschädigung, besonders an Nase, Ohren, Fingern, Zehen; Blässe, Abkühlung, Gefühllosigkeit, Juckreiz, Blutblasen, Absterben einzelner Glieder.

Für die Behörden ist der Fall abgeschlossen. Das Obduktionsgutachten liegt vor, die Identität des Mannes konnte nicht geklärt werden. Was mit dem Leichnam weiter geschieht, entscheidet die Gesundheitsdirektion. Diese teilt mit, dass diejenige Gemeinde für die Beerdigung zuständig ist, in welcher der Tote aufgefunden wurde. Auch ist es gesetzlich vorgeschrieben, dass die Gemeinde, in welcher der Mann gestorben ist, die Bestattungskosten sowie eine Grabplatzgebühr entrichten muss. Diese Gemeinde jedoch weist darauf hin, dass der genaue Todesort unbekannt sei. Der Mann wurde in der Gemeinde lediglich aufgefunden. Dass er an dem Ort, wo er gefunden wurde, auch gestorben sei, treffe nicht zu. Er sei irgendwo auf dem Flug, weit weg von der Gemeinde, erfroren.

Ich begleite Lose den Schotterweg entlang. Er kommt oft zu Fuß in die Fabrik. Ich frage ihn, wie die Gemeinde entschieden habe, wer die Begräbniskosten übernommen habe, ob der Mann beerdigt worden sei, ob er dabei gewesen sei, ob andere Leute am Begräbnis teilgenommen hätten.

Die Gemeinde dementierte die Medienmitteilung, sagt Lose, sie teilte mit, sie habe zu keinem Zeitpunkt verlauten lassen, dass sie die Kosten für das Begräbnis nicht übernehmen wolle. Zuerst hätten behördliche Abklärungen stattfinden müssen, die Todesursache, der Todeszeitpunkt, der Todesort, das werde bei jedem außergewöhnlichen Todesfall so gemacht. Die Gemeinde entschied sich dann für eine Erdbestattung, da nicht bekannt war, ob der Tote einer Religion angehörte. Zwanzig bis fünfundzwanzig Personen nahmen an der Beerdigung teil. Auch ich bin hingegangen, sagt Lose.

So soll hier eine Zeit noch ein Grab erinnern an alles, was dieser unbekannte Mann aus dem fernen Kontinent gewesen, bis auch die letzte menschliche Erinnerung an ihn verblasst und verweht ist. Dieser Satz des Pfarrers ist mir geblieben, sagt Lose. Von den am Grab anwesenden Personen hatte niemand eine Erinnerung an den Toten. Was also verweht werden kann, fragte ich mich, außer der Erinnerung derjenigen, die ihn kannten, die aber wahrscheinlich gar nicht wissen, dass er tot ist. Ich dachte über das Wort *verwehen* lange nach und nach der Beerdigung habe ich begonnen, Artikel über den Toten zu sammeln. Das hier, er zeigt auf die Mappe in meiner Hand, das hier bleibt.

Ich schaue Lose nach, wie er den Schotterweg entlanggeht, wie sein linker Arm hin und her baumelt und sein rechter Arm etwas starr an seiner Körperseite liegt, wie er plötzlich stehen bleibt und sich nach etwas bückt, nach einem Stein, einer Pflanze vielleicht, wie er dann weitergeht, sich noch einmal umdreht und mir zuwinkt.

Die Polizei versuchte anhand der Kleidung des Mannes dessen Identität zu ermitteln. In Loses Mappe finde ich die Polizeibilder: eine Halskette, ein T-Shirt und eine Jeans. Sie wurden in ein Labor gebracht und darauf untersucht, was sie zu erzählen haben, wie sie beschaffen sind, wie alt sie sind, was ihr Nutzen war, woher sie stammen. Sie haben über ihren ehemaligen Besitzer nicht viel preisgegeben. Was geschieht mit den Dingen, wenn die Angehörigen nicht ausfindig gemacht werden können? Niemand kann das Eigentum des Unbekannten in Empfang nehmen. Vielleicht wurden sie in eine Fundkiste gelegt, mit einer polizeilichen Registriernummer versehen und in einem Aufbewahrungsraum für Beweismittel archiviert. Vielleicht liegen sie jetzt noch dort zwischen Messern und Schusswaffen, zwischen Drogen und Computern. Wahrscheinlicher aber ist, dass sie nach Abschluss des Falls vernichtet wurden, verbrannt. Und nur noch die Fotografien beweisen, dass da wirklich diese Halskette war, dieses T-Shirt, diese Jeans, dass es den Menschen gab, dem sie gehörten.

Ich verlasse das Fabrikgelände und gehe auf dem Schotterweg bis zur Landstraße, die Landstraße entlang, an Feldern und weiteren Fabrikanlagen vorbei, biege in die Hauptstraße ein und gehe weiter bis zum Ortsschild und noch weiter an vereinzelten Häusern vorbei. Es werden stetig mehr und sie stehen immer dichter beieinander.

Was wäre gewesen, wenn der Tote nicht gefunden worden wäre. Lose hätte nie erfahren, dass er einen Menschen vom Himmel fallen sah, auch ich nicht, niemand. Loses Mappe gäbe es nicht und nicht den Versuch, herauszufinden, wer der Tote war. Trotzdem bleibt er ein Unbekannter, namenlos.

Wenn der Tote nicht gefunden worden wäre, dann wäre er von Tieren gefressen oder vom Laub verdeckt worden. Er wäre unter der Erde verschwunden, so wie hier auf dem Friedhof. Nur ohne Grab. Vielleicht wäre er irgendwann doch gefunden worden. Vielleicht hätten per Zufall Archäologen an dieser Stelle gegraben. Hätten nach Dingen von historischem Wert gesucht. Nach Funden, aus denen Schlüsse gezogen werden könnten und über die sie einen Artikel schreiben könnten, in einer Zeitschrift, die von Bedeutung ist für Archäologen und für historische Funde. Aber sie hätten keine Mauerreste, keine Scherben und keine Münzen gefunden, sondern menschliche Knochen und daneben Überreste der Kleidung, die Halskette.

Auf dem Friedhof gehe ich die Grabreihen entlang, gehe Sterbedaten und Lebensjahre ab. Die Lebensjahre sind als Strich zwischen Geburtsdatum und Sterbedatum zusammengefasst. Ein Strich für ein ganzes Leben. Egal ob es aufregend, aufreibend, traurig, verzweifelt, langweilig oder gefährlich war, egal ob es achtzehn oder einundachtzig Jahre dauerte: Der Strich ist immer gleich.

Am Ende einer Reihe finde ich sein Grab. Auf der grünen Tafel fehlt das Geburtsdatum. Es fehlt auch der Strich.

ZWEI

Beim Graben der Fallgrube finde ich eine Scherbe. Ich reibe sie am Ärmel sauber und kratze die Erde mit dem Fingernagel ab. Sie ist rötlich braun. Wahrscheinlich Ton. Zu was hat sie gehört? Zu einem Teller vielleicht, oder zu einer Vase. Ich frage mich, wie alt die Scherbe ist, mit welchen Flüssigkeiten sie in Berührung kam, wie viele Menschen sie angefasst haben und ob Archäologen Interesse an einer Scherbe wie dieser hier hätten. Vielleicht könnte ich die Scherbe in das nächstgelegene archäologische Institut bringen. Vielleicht würde dort eine Archäologin die Scherbe entgegennehmen und dann rufen: Danach haben wir gesucht, das ist der Durchbruch. Und ich könnte ein Glänzen in ihren Augen sehen. Wir würden ein Foto von uns machen. Ich würde die Scherbe hochhalten und die Archäologin würde stolz ihre Hand auf meine Schulter legen. Wir würden in die Kamera schauen und lächeln.

Ich esse in der Kantine. Der Koch setzt sich mit einer Tasse Kaffee neben mich. Er sagt, dass die Fabrik zum Glück nicht seine Fabrik sei, dass der Chef jetzt schauen müsse, dass aber einmal Ansagen gemacht werden müssten, dass er und auch die anderen wenigen Mitarbeiter, die noch in der Fabrik arbeiteten, jetzt endlich einmal Klarheit bräuchten, dass das so nicht gehe, dass die Tiefkühltruhe bald voll sei, voller geht nicht, von all der Suppe und dem anderen Essen, das er einfrieren müsse, weil niemand komme und esse, dass der Chef jetzt einmal sagen müsse, was Sache sei.

Beatrice, deine Vorgängerin, hatte den richtigen Riecher, die war die Klügste von uns allen und hat als Erste erkannt, dass die Fabrik nicht mehr zu retten ist. Dann Paul, die Zwillinge Sieber. Karsten vor einem Monat, sagt der Koch, der hat einen neuen Job gefunden, nicht weit von hier, in einer anderen Fabrik, die nicht Verpackungen, aber Kies produziert. Braucht man auch, braucht man mehr.

Die wenigen Mitarbeiter, die noch in der Fabrik arbeiten, schauen sich nach anderen Jobs um, sie kommen teilweise nur für Auftragsschichten in die Fabrik, bleiben dann fünf, sechs Stunden und verlassen die Fabrik nach Beendigung des Auftrags. Die Maschinen laufen fast vollautomatisch.

Als der Chef mir die Wellkartonanlage zeigte, sagte er, dass all seine Mitarbeiter einen wachen Blick bräuchten, hohe Konzentrations- und schnelle Reaktionsfähigkeit. Er hingegen bräuchte seine Mitarbeiter, jeden einzelnen, sie alle seien eine Notwendigkeit. Aus dem Mund des Chefs klang das wie ein schwacher Trost für ihn selbst und wie ein leeres Versprechen an die Mitarbeiter, die ihren Job nur noch für kurze Zeit haben werden.

Ich denke an die HIGH-FIDELITY-Galerie, mit ihren Lücken und Schieflagen, und daran, dass die Mitarbeiterinnen und Mitarbeiter auch nach der Schließung dort hängen und nur noch die Bilder an sie erinnern werden.

Heute verlässt Lose die Fabrik. Er schüttelt allen die Hand, wünscht allen Glück, und alle wünschen ihm Glück. Seine

Hand ist rau. Lose hat einen neuen Job am Flughafen. Passagiertransport, Bodenabfertigungsdienst, sagt er. Der Bodenabfertigungsdienst heiße Bodenabfertigungsdienst, weil der Boden auf Flughäfen eine zentrale Rolle spiele. Es gilt, den Boden zu verlassen oder auf den Boden zu gelangen.

Ich reiche Lose die Mappe, in der er alles über den Mann, der vom Himmel fiel, gesammelt hat.

Die kannst du behalten, sagt er, ich brauche sie nicht mehr.

Ich drücke die Mappe an mich und frage mich, ob Clemens und ich durch das Graben der Fallgrube auch zu einem Bodenabfertigungsdienst gehören und wenn ja, zu welchem.

Irgendwann wird sich die Wissenschaft für die Fabrik interessieren. Dann wird eine junge Historikerin kommen und die Geschichte der Fabrik aufarbeiten wollen, wird in den Memoiren des Chefs blättern und in den Unterlagen, die sich jetzt im Büro des Chefs auf dem Schreibtisch türmen. Sie wird Interviews führen mit ehemaligen Mitarbeitern und sie wird sich nach den Arbeitsbedingungen erkundigen, den damaligen Löhnen, der Hierarchie, den Verhältnissen in der Fabrik und unter den Mitarbeitern. Sie wird wohl nicht über die rauen Hände von Lose berichten, die groß sind und kräftig und an denen ein Finger fehlt.

Ich schaue dem Koch zu, wie er den Rest der Suppe in Beutel füllt.

Ob man sich nicht auf die Lauer legen müsse, alle Angestellten, nicht nur die Nachtwache, sagt der Koch. Ob man nicht schauen müsse, dass alle eine Nacht lang mit Gewehren, ob man nicht strategischer vorgehen müsse. Er wolle nicht behaupten, dass die Nachtwache nichts tauge, aber sie habe bis jetzt noch keine Resultate gebracht, keine Erfolge. Man müsse auch einmal Erfolge vorweisen, es müsse auch nicht gerade ein Wolf sein, es reichten Haare, Wolfskot, Fußspuren; so was eben.

Er stellt den Suppentopf zur Seite und legt nacheinander alle Beutel in eine Box.

Es gibt Gründe, warum der Wolf hier schon einmal ausgerottet wurde, sagt er.

Was für Gründe, will ich wissen.

Der Wolf ist ein aggressives Tier, ein Raubtier, oftmals von Tollwut befallen, es kommen immer wieder Meldungen von kranken Tieren. Erst kürzlich wurde ein toter Wolf auf einem Bahngleis gefunden, in Stadtnähe.

Hier?

Jene Stadt könnte genauso gut diese Stadt sein.

Er geht mit der Box in die Küche und legt die mit Suppe gefüllten Beutel in die Tiefkühltruhe.

Ab jetzt nur noch Aufgetautes, sagt er und schlägt den Truhendeckel mit einem lauten Knall zu.

Ich spreche von *dem* Wolf, ich sage *er* und *ihm*, als ob er ein guter Bekannter von mir wäre, als ob ich seine Gewohnheiten kennen würde, als ob wir eine Nähe zueinander hätten, gemeinsame Erinnerungen. Ich lausche oft auf ein Heulen, aber dann höre ich doch nur den Schrei eines Vogels oder ein Blech, das klappert im Wind.

Ich würde gerne mit Lose über den Mann sprechen, der vom Himmel fiel. Aber Lose ist jetzt am Flughafen. Lose bringt jetzt Passagiere zu Maschinen, Passagiere, die in Flugzeugbäuche steigen, ihre Plätze suchen, sich anschnallen, aus den ovalen Fenstern schauen, während die Flugzeuge anrollen, an Geschwindigkeit gewinnen, abheben und nach zehn bis fünfzehn Sekunden ihre Fahrwerke einfahren.

ZAUN: Zwischen Lose und mir sind jetzt zwei Zäune; der Fabrikzaun und der Flughafenzaun.

Wir stehen bei der Fallgrube. Halbzeit, sagt Clemens, darauf sollten wir anstoßen.

Das sollten wir, sage ich und schaue den Mond an, der heute groß ist.

Fast Vollmond, sage ich.

Dann hören wir sie vielleicht heulen, sagt Clemens und lacht.

In deinem Buch habe ich gelesen, dass Wölfe besonders laut heulen, wenn jemand, der ihnen nahestand, das Rudel verlässt.

Tatsächlich, sagt Clemens.

Sie bekunden mit ihrem Heulen Sympathien, heulen lauter, wenn sie jemanden mehr mögen und mehr vermissen.

Soll ich in der Kantine Bier holen, fragt Clemens.

Warum nicht.

Clemens geht in Richtung Kantine und ich bleibe bei der Grube zurück, denke an die Wölfe, die ich mir in ihrem Rudel vorstelle, und daran, dass auch die Fabrik, der Koch, der Chef, Clemens und ich eine Art Rudel sind, mit Hierarchien, mit mehr und weniger Sympathien. Wenn Clemens die Fabrik verlassen würde, dann würde mein Heulen am lautesten sein.

Clemens kommt zurück und wir setzen uns auf ein Holzstück an den Rand der Grube, lassen unsere Beine in die Tiefe baumeln.

Ich öffne mit meinem Feuerzeug die Flaschen und wir stoßen auf die Grubenhalbzeit an, sprechen über das Weitergraben, den Aushub, die Möglichkeit des Abstützens der Wände mittels Holzlatten, um uns vor Erdabbruch zu schützen.

Clemens sagt, dass der Koch ihm erzählt habe, dass Forscher auf dem Mond rätselhafte Löcher gefunden hätten, die vermutlich von Lavaströmen in den Mondkörper gegraben worden seien, und dass es vielleicht im Mondkörper ein Höhlensystem gebe, durch das man durch den Mond hindurchkriechen könne. Im Mondinnern würde man auf Gesteine und Pflanzen treffen, vielleicht auf Tiere, die kein Mensch je gesehen hat, die ihrerseits nie einen Menschen gesehen haben.

Ich versuche mir die Tiere und Pflanzen vorzustellen, die kein Mensch je gesehen haben soll. Es gelingt mir nicht. Vielmehr denke ich daran, wie schön es ist, mit Clemens am Grubenrand zu sitzen und zu reden wie alte, gute Freunde.

Clemens hat mit einer Schnur provisorisch die Löcher im Zaun geflickt. Es sieht nicht so aus, als hätte er viel Zeit und Geschick darauf verwendet. Wenn ein Wolf hindurchkommen wollte, dann könnte er das auch jetzt noch ohne größere Schwierigkeiten tun.

Bei einem der Löcher hat Clemens Haare gefunden, die sich im Gitter verfangen haben. Es könnten irgendwelche Haare sein, darüber sind wir uns einig. Vielleicht Wolfshaare. Aber weder Clemens noch ich wissen, wie Wolfshaare von anderen Tierhaaren zu unterscheiden sind, beispielsweise von Hundehaaren, welche besonderen Merkmale sie aufweisen. Vielleicht sind sie dicker, vielleicht haben sie eine andere Färbung.

Vielleicht hat der Chef die Haare absichtlich hingehängt. Der Chef weiß, dass Clemens und ich den Zaun kontrollieren und auch die Zaunlöcher. Vielleicht hat der Chef eine Katze und der Katze Haare vom Fell gezupft, daraus ein Knäuel geformt und es an den Zaun gehängt.

Ich lege die Haare in eine Fundtüte und gemeinsam mit Clemens gehe ich zum Büro des Chefs. Ich klopfe, von drinnen ist ein lang gezogenes Ja zu hören. Der Chef sitzt hinter Stapeln von Ordnern und Akten. Von hier aus sehen wir nur seinen Kopf. Ich halte die Fundtüte hoch. An seinem Gesichtsausdruck lässt sich nicht ablesen, ob er die Haare wiedererkennt. Es lässt sich ablesen, dass er sich über den Fund freut, was nicht ausschließt, dass er die Haare selber am Zaun platziert hat.

Sehr gut, das ist ein Beweis, sagt er.

Man müsste die Haare untersuchen lassen, sie können auch von einer Katze stammen, sage ich.

Von einem Hund, fügt Clemens an.

Natürlich, sagt der Chef, das kann durchaus sein, ich werde die weiteren Schritte einleiten.

An welche Schritte haben Sie da gedacht?

Überlassen Sie das ruhig mir, das ist Chefsache, sagt er und legt die Fundtüte in die oberste Schublade seines Schreibtisches.

Wie Sie meinen, sagt Clemens. Dann sagt niemand etwas und niemand bewegt sich.

Noch was, fragt der Chef.

Dann werden wir mal wieder, sagt Clemens.

Tun Sie das. Er hebt die Hände mit gedrückten Daumen.

Wir verlassen sein Büro, und ohne dass Clemens etwas

sagt, weiß ich, dass auch er denkt, dass die Haare in der Schreibtischschublade bleiben werden.

HAARE: Sie sind kein Beweis für, aber auch kein Beweis gegen die Existenz des Wolfes.

Die Fabrik schließt für zwei Wochen. Der Chef sagt, dass es ein schlechter Zeitpunkt sei, aber so stehe es in den Verträgen, jeder habe Recht auf Urlaub.

Ich denke an meinen nicht vorhandenen Vertrag und daran, dass wohl kaum gerade in diesen zwei Wochen Aufträge eingehen werden, wenn in den Wochen davor auch keine eingegangen sind.

Was haben Sie vor, frage ich.

Ich bleibe zu Hause, sagt er und blickt sich im Überwachungsraum um.

Der Flughafen ist doch gleich vor der Haustür, warum verreisen Sie nicht?

Flugangst, sagt er, und zu Hause ist einiges zu tun, Reparaturen am Haus.

Wahrscheinlich ist es auch nicht leicht, jemanden zu finden, der auf die Katze aufpasst?

Ich habe keine Katze, sagt der Chef und fragt, ob ich verreise. Er fährt mit den Fingern über die Monitore und pustet Staub von seinen Fingerspitzen.

Auch ich bleibe, sage ich, ich werde das Umland weiter erkunden.

Na dann, gutes Erkunden. Sie können ja ab und zu um die Fabrik laufen, da Sie ja bleiben, nur zur Sicherheit, nur bei Gelegenheit.

Mal sehen, sage ich und drücke auf den Ausschaltknopf der Monitore.

WOLF: Wir haben Erfolge zu verzeichnen. Haare. Womöglich von einem Wolf.

Wahrscheinlich wird jetzt viel eher ein Wolf in ein Tellereisen treten, wo wir alle im Urlaub sind und nicht jede Nacht jemand über das Gelände streift, sagt Clemens.
Mag sein.
Was wirst du tun?
Lose besuchen.
Auf dem Flughafen?
Warum nicht.
Du kannst auch mit mir kommen, ich fahre mit dem Auto raus, wandern vielleicht.
Das ist nett, aber ich bleibe. Wäre ja schade, wenn er kommen würde und wir wären beide irgendwo beim Wandern.
Wie du meinst.

Ich komme an Geschäften vorbei, an der Post, an Lebensmittelläden. Vor der Bank bleibe ich stehen und betrachte mein Spiegelbild. Plötzlich taucht in meinem Gesicht ein anderes Gesicht auf: der Koch. Vor Schreck mache ich einen Schritt rückwärts. Der Koch sagt irgendwas, was ich von hier draußen nicht hören kann. Er kommt zur Tür.
Dich hab ich außerhalb der Fabrik ja noch nie gesehen, sagt er.
Hinter ihm erkenne ich drei Schalter, Geldautomaten, eine Zimmerpalme; vielleicht echt, vielleicht aus Plastik. Ein Geruch nach Zitrone und Putzmittel dringt durch die Tür. Stimmen sind zu hören, ein Surren, vielleicht von der Klimaanlage.
Ich muss einkaufen, sage ich, die Kantine bleibt ja für zwei Wochen geschlossen.

Vorgeschmack auf die endgültige Schließung, sagt der Koch. Es klingt weder traurig noch erleichtert. Es klingt eher wie eine Bemerkung über das Wetter, wie *dicht bewölkt, aber am Nachmittag kommt die Sonne wieder raus* oder *morgen erreicht uns das erwartete Tief.*

Von drinnen ist ein Klingeln zu hören. Eine neue Nummer blinkt auf.

Das bin ich, sagt der Koch. Er verabschiedet sich und verschwindet im Innern der Bank.

Ich warte auf den Bus. Flughafenbus wird er genannt. Er sieht nicht anders aus als alle anderen Busse, die hier durchfahren. Ich steige ein.

Der Bus hält an der Haltestelle *Flughafen*. Ich steige als Einzige aus, zwei ältere Frauen bleiben im Bus sitzen. Einem Orientierungsschild, das gleich neben dem Ticketautomaten angebracht ist, entnehme ich den genauen Lageplan des Flughafens und weitere Informationen: Der Flughafen liegt auf 467 Metern Höhe. Das Flughafengebäude umfasst vier Check-in-Schalter, einen Wartesaal, eine Frachtzone, einen Bereich zur Gepäcksortierung und eine Zollstelle. Für An- und Abflüge gibt es eine befeuerte Hartbelagpiste von 2500 Metern Länge und eine Graspiste von 680 Metern Länge.

Ich betrete das Gebäude.

Von der Flughafenterrasse aus hat man einen guten Blick auf die Rollfelder. An einem Automaten lasse ich mir einen Kaffee raus, setze mich auf eine Bank und schaue einem Taubenschwarm zu, der über einem der Rollfelder seine Kreise zieht.

Eine junge Frau in grauem Overall setzt sich neben mich.

Viele Tauben, sage ich.

Das können Sie laut sagen.

Arbeiten Sie hier?

Die Frau nickt. Und Sie? Verreisen Sie? An den Oberarmen hat sie zwei neongelbe Streifen.

Wie man's nimmt, sage ich und puste in meinen Kaffeebecher.

Der Lärm eines Flugzeugs ist zu hören. Wir schauen ihm bei der Landung zu. Die Räder berühren den Asphalt. Ich meine den Boden ruckeln zu spüren. Ich nehme einen Schluck und verbrenne mir die Zunge.

Kennen Sie Lose, frage ich. Meine Zunge schmerzt.

Bodenabfertigungsdienst, fragt die Frau.

Ich nicke.

Aber sicher. Wer kennt den nicht.

Ich bin hier, um ihn zu besuchen. Wissen Sie, wo er ist?

Ah, da wird er sich sicher freuen. Ich bringe Sie hin. Ich heiße übrigens Erika, sagt sie und streckt mir ihre Hand entgegen, Flugzeugmechanikerin. Die Hand ist schmutzig, ihr Overall auch.

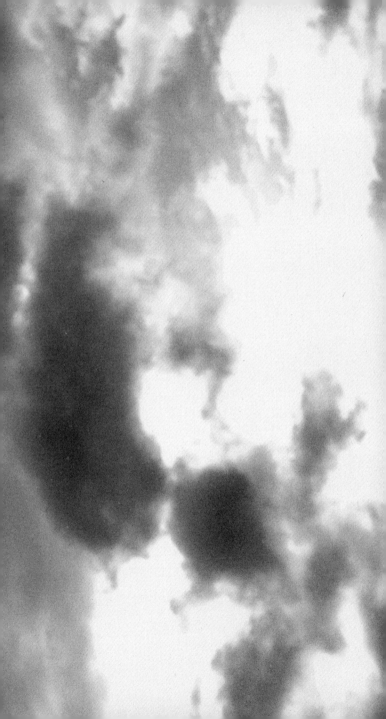

Wäre der Mann nicht erfroren und vom Himmel gefallen, dann wäre er hier gelandet und aus dem Fahrwerk gestiegen. Er hätte sich vom langen Stillsitzen kaum bewegen können, seine Glieder hätten geschmerzt. Er hätte sich auf wackligen Beinen unter die Passagiere gemischt oder er hätte sich hinter die Räder gekauert, hätte sich dann auf dem Rollfeld versteckt und gewartet, bis es dunkel geworden wäre, bis der Flugverkehr für einige Stunden eingestellt worden wäre. Dann wäre er über die Landebahn gelaufen, an den grellen Bodenlichtern vorbei, bis zum Flughafenzaun und wäre über den Zaun in der Umgebung verschwunden. Vielleicht wäre er in Richtung Fabrik gelaufen, an der Fabrik vorbei.

Ich bin froh, dass ich den Flughafen entdeckt habe, obwohl man nicht wirklich von einer Entdeckung sprechen kann. Er ist ein gutes Urlaubsziel. Ein bisschen fühlt es sich an wie Verreisen, auch wenn ich ohne Gepäck und ohne Ticket den Flughafen betreten habe. Ich bin froh, aus der Fabrik zu kommen. Ich bin froh, dass ich nicht immer nur an den Wolf, die Fallgrube oder den Aushub denke oder daran, was passieren würde, wenn ein Wolf in die Falle ginge.

Vor dem Check-in-Schalter sortiere ich die Reisenden in Gedanken in Geschäftsreisende, Urlauber (Badeferien,

Städtereise, Naturaufenthalt), Familienfestbesucher (Hochzeit, Beerdigung). Ich sortiere sie in Untergruppen: freiwillig, unfreiwillig, freudig, traurig, für kurz, für mittelkurz, für immer.

Einige wandern vielleicht aus, haben das Wichtigste in ihre Koffer gepackt, haben sich verabschiedet von ihren Familien und Freunden, oder auch nicht, und stehen nun vor der Passkontrolle, schauen sich das Foto auf ihrem Pass an und fragen sich, ob die neue Luft, die neue Sprache, das neue Essen sie verändern werden, ihr Aussehen, ihre Gedanken, ob es ihre Probleme lösen wird, ob ihr Name noch gleich ausgesprochen werden wird, ob sie sich in Zukunft auf dem Passfoto noch wiedererkennen werden.

Ein Mann, der nicht vom Himmel gefallen wäre, der hätte eine Familie gehabt oder nicht, der hätte Kinder gehabt oder kinderlos bleiben wollen, der hätte eine Ausbildung machen, arbeiten, durch Straßen laufen, zum Bäcker gehen wollen, in eine Bank, Geld abheben, der hätte Kleider kaufen und essen, kochen, Sport treiben wollen, Fußball zum Beispiel oder Handball, der hätte ein Instrument spielen wollen, Gitarre, Klavier, der hätte ein Haustier haben, Filme schauen, Musik hören, Menschen kennenlernen, Menschen treffen, Menschen lieben, der hätte seine Wohnung einrichten wollen, Wäsche waschen, sein Bett beziehen, dem Herbst zuschauen wollen und dann dem Winter, der hätte über Wiesen gehen wollen und Feldwege, der hätte sich bei Kälte erkälten, im Bett liegen und Tee trinken, gepflegt werden, gesund werden, an die frische Luft gehen wollen, einatmen, der hätte sich vorstellen wollen, wie sich seine Lungenbläschen füllen, der hätte sich gut fühlen, der hätte für seine Nächsten in die Apotheke gehen und sie pflegen wollen, sie umarmen, sie küssen, der hätte traurig sein wollen und wütend, der hätte lachen und Fingerabdrücke hinterlassen wollen, auf den Treppengeländern, den Türklinken, Tischplatten, Stuhllehnen, Gläsern, auf Tellern und Besteck.

Lose sagt jetzt Sätze wie: *Auf dem nicht öffentlichen Bereich des Fluggeländes gelten eigene Verkehrsregeln.* Oder: *Der Luftfahrzeugrollverkehr hat in jedem Fall Vorrang.*

Ich sitze bei Lose im Bus.

Das dürfe er eigentlich nicht, sagt er, der Bus darf ausschließlich für den Passagiertransport genutzt werden, das ist kein Linienbus und erst recht kein Privatbus, sagt er und zündet den Motor. Du siehst müde aus.

Ich habe Urlaub, sage ich.

Es freut mich, dass du mich besuchst, sagt er und lächelt mich an. Ich mag sein Lächeln, es sitzt schief in seinem Gesicht, es passt dort gar nicht so richtig hin.

Wir fahren zur Maschine, die nach Korsika fliegt, und ich versuche in den Gesichtern der Reisenden Korsika zu finden.

Lose lässt den Bus neben der Maschine halten. Er wünscht keinem eine gute Reise. Die Passagiere eilen, sobald Lose die Bustür öffnet, zur Maschine. Lose kontrolliert, ob alle ausgestiegen sind und ob kein Gepäckstück liegengeblieben ist, ich bleibe neben dem Bus stehen und schaue zu, wie die Passagiere im Flugzeugbauch verschwinden.

Ich würde gerne näher treten, mir das Fahrwerk anschauen, das Fahrgestell, die Räder, Felgen.

Die Fabrik ist nun noch ausgestorbener, als sie es ohnehin schon ist. Ich schalte die Monitore ein, obwohl ich Urlaub habe. Vielleicht hat Clemens recht damit, dass der Wolf sich nun eher auf das Fabrikgelände wagt, jetzt, wo weder Clemens noch ich unsere Runden drehen und kein Mensch mit der Taschenlampe in die Dunkelheit leuchtet. In der Nacht gehe ich trotz Urlaub zu der Grube und grabe weiter. Es ist sonst nichts zu tun.

Auch noch nichts gegessen, fragt Lose, der beim Essensautomaten steht. Gemeinsam schauen wir uns die Auswahl im Automaten an: Pasta & Tomatensoße mit/ohne Käse, Lasagne, Bratwurst, Salat, Sandwiches. Lose nimmt sich ein Sandwich. Ich wähle Pasta & Tomatensoße ohne Käse. Der Automat rattert. Die Pasta ist lauwarm.

Lose hält mir die Terrassentür auf. Wir setzen uns auf eine Bank. Beim Koch ist es schon besser, sagt er. Von seinem Sandwich fallen Brösel auf den Boden. Zwei Tauben picken sie vor unseren Füßen auf. Lose versucht sie mit dem Fuß zu verscheuchen.

Bazillenschleuder, sagt Lose. Die Mistviecher können in Triebwerke gelangen und dann stürzen Maschinen ab.

Ob er nicht ein bisschen übertreibe, sage ich, Tauben gibt es überall, besser, es gibt welche, sonst müsste man sich Gedanken darüber machen, warum es keine gibt, wie beim Wolf.

Lose steht auf und verscheucht die Tauben mit einer ausladenden Armbewegung. Sie flattern auf und schließen sich einer Taubenschar an, die über dem Rollfeld Kreise zieht. Ich versuche, die schwarzen Punkte zu zählen. Sie bewegen sich zu schnell, sie fliegen zu dicht, sie wenden zu rasch.

Lose leiht mir sein technisches Wörterbuch für Luftfahrt. Unter dem Wort *Transponder* steht das Wort *traurig*, und ich frage mich, was dieses Wort in einem technischen Wörterbuch für Luftfahrt zu suchen hat. Vielleicht dient es der Kommunikation zwischen Pilot und Co-Pilot, damit sie sich gegenseitig auch über ihre Gemütszustände informieren können.

Auf der letzten Seite des technischen Wörterbuchs für Luftfahrt hat er das Fliegeralphabet eingeklebt. Ich lerne es auswendig.

A: Alfa
B: Bravo
C: Charlie
D: Delta
E: Echo
F: Foxtrot
G: ~~Golf~~ Grenze
H: Hotel
I: India
J: Juliett
K: ~~Kilo~~ Kontrolle
L: Lima
M: ~~Mike~~ Mann, der vom Himmel fiel
N: November
O: Oscar
P: ~~Papa~~ Pass
Q: Quebec
R: Romeo
S: Sierra
T: Tango
U: Uniform
V: Victor
W: Whiskey
X: X-ray
Y: Yankee
Z: ~~Zulu~~ Zaun

Von der Halle aus schaue ich einem Flugzeug zu, das höher und höher steigt. Es ist gut möglich, dass Erika das Flugzeug kontrolliert hat, dass sie verantwortlich dafür ist, dass alle Schrauben sitzen, dass die Triebwerke funktionieren, die Hydraulik. Am Himmel ist mehr los als auf dem Fabrikgelände, denke ich und vermisse Clemens, seine Stimme, sein Lachen, den Moment, in dem er mit dem Fahrrad auf dem Monitor erscheint.

Es gibt eine Insel, auf der ein einziger Leuchtturm steht, in dem ein einziger Mensch lebt. Der Mensch kennt den Seegang besser als jeder andere. Seine Haut ist mit einer feinen Salzkruste überzogen, gelegentlich kratzt er daran. Er denkt Dinge, die man nur denkt, wenn man sehr lange alleine in einem Leuchtturm auf einer Insel lebt. Er kennt das Wetter, das Gebaren des Windes, das Gepräge der Wolken. Er besitzt ein Fernrohr und beschreibt den Himmel jeden Tag neu. Für jeden Tag ein neues Blatt. In seinem Leuchtturmkämmerchen häufen sich Himmel.

Der große Zöllner ist alt und der kleine Zöllner ist jung. Bei dem großen sitzt die Uniform wie angegossen, dem kleinen ist sie zu groß; die Ärmel seines Jacketts sind umgeschlagen. Der alte Zöllner hat graue Haare und einen Schnurrbart, an dem er zupft, wenn kein Gepäck zu kontrollieren ist. Der junge Zöllner hat eine Tätowierung am Hals, einen Schriftzug. H A kann ich entziffern, der Rest verschwindet unter seinem Uniformkragen. Vielleicht steht dort HALS. Ich versuche über den Kopf des jungen Zöllners hinweg zu erkennen, was in den Koffern ist, was die farbigen Umrisse bedeuten.

Er zeigt auf einen schwarzen Fleck auf dem Monitor.

Das ist auffällig, sagt er.

Ein schwarzer Fleck, sage ich.

Das kann alles sein, das kann auch eine Waffe sein. Das auch. Er zeigt auf eine andere Stelle.

Das ist aber weiß, sage ich.

Das könnten Drogen sein.

Der Zöllner spricht in sein Funkgerät.

Sobald die Triebwerke laufen, saugen sie kalte Luft an, sagt Lose, gleichzeitig geben sie mit großer Geschwindigkeit und großem Druck heiße Luft nach hinten ab. Das ist der Jet Blast. Der kann so stark sein, dass er meinen Bus wegfegen könnte. Darum ist der Aufenthalt in diesem Bereich streng verboten.

Dieses Verbot ist nicht das einzige. Auf dem Flughafen sind viele Verbotsschilder angebracht. Fast auf jedem Meter ist darauf zu achten, dass genügend Abstand zu irgendwas eingehalten, eine Linie nicht überschritten, eine Zone nicht betreten wird, und wenn sie betreten wird, dann nur unter der Bedingung, dass gewisse Dinge unbedingt mitgeführt werden. Für Lose gilt es, die Zugangskarte, den Busschlüssel und eine gelbe Weste mitzuführen. Auch ein Funkgerät. Andere Dinge dürfen auf keinen Fall mitgeführt werden. Verbotene Gegenstände sind unter anderem:

Gewehre
Pistolen
Revolver

Flinten
Spielzeugwaffen
Nachbildungen und Imitationen von Feuerwaffen
Teile von Feuerwaffen (ausgenommen Zielfernrohre)
Bogen
Armbrüste und Pfeile
Harpunen
Speere
Taser
Betäubungsstäbe
Apparate zur Viehbetäubung und Viehtötung
Tierabwehrsprays
Messer mit einer Klingenlänge über 6 Zentimeter
Bolzenschussgeräte
Dynamit
Schießpulver

Die Passagiere steigen in den Bus. Lose schließt die Türen, drückt auf die Towertaste seines Funkgeräts und wartet die Hörerbereitschaft ab.

45 23, Passagiertransport vom Gate Alfa zum Vorfeld Echo 1, sagt er.

Das Gerät rauscht.

Der Flughafen ist so klein und übersichtlich, dass ich mich frage, wozu es diese Funkgespräche überhaupt braucht oder den Passagiertransport, für diese paar Meter.

Lose startet den Motor.

Ich erkenne Erika, die unter einem Flugzeug steht und die Räder untersucht. Ich mag ihren Overall. Ich winke ihr zu, und wenn sie nicht mit den Rädern beschäftigt wäre und in meine Richtung schauen würde, würde sie auch winken und etwas rufen, das ich nicht verstehen würde.

Kurz vor dem Vorfeld Echo 1 erhebt sich eine Taubenschar von der Fahrbahn und flattert in die Luft. Es knallt. Die Tauben wenden. Es knallt erneut. Die Passagiere schauen sich unruhig um. Ich denke an den Tower und daran, dass von dort aus am besten auf Tauben zu schießen ist.

Die schießen auf Tauben, sage ich. Erika sitzt im Raucherraum und putzt mit einem Lappen ihre Werkzeuge. Der Raucherraum ist ein kleines Häuschen mit Sitzbänken an den Wänden.

Vogelschlagverhütung, sagt sie. Der Schraubenzieher in ihrer Hand glänzt. Wenn Schwärme von Tauben, Krähen oder anderen Vögeln sich dem Rollfeld nähern, dann knallt's. Die vermehren sich wie Kaninchen, die werden jeden Tag mehr.

Erika legt den Schraubenzieher in die Werkzeugkiste und nimmt einen kleineren, putzt auch diesen. Früher habe man harmlosere Vergrämungstechniken angewendet, man habe das Gras wachsen lassen, um schlechte Bedingungen für Wiesenbrüter zu schaffen und um die Sicht auf Mäuse und anderes Vogelfutter zu erschweren. Man habe auch die Nester in den umliegenden Bäumen entfernt und dann habe man alle Bäume gefällt und alle Sträucher ausgerissen.

Wegen der paar Tauben, frage ich.

Tauben gefährden die Sicherheit des Flughafens, den Flugverkehr im Allgemeinen. Durch Vogelschlag sind schon Flugzeuge abgestürzt, und wenn das hier passiert, dann kommen keine Passagiere mehr und dann braucht es auch keine Busfahrer mehr und Flugzeugmechanikerinnen erst recht nicht.

Die Tauben gefährden die Sicherheit des Flughafens, sagt Erika.

Die Wölfe gefährden die Sicherheit der Fabrik, sagt der Chef, der jetzt in seinem Haus vielleicht die Wände streicht oder das Treppengeländer abschleift, Fugen dichtet oder Platten neu verlegt. Ein wesentlicher Unterschied zwischen den Tauben und den Wölfen ist, dass man die Tauben sehen kann.

Auch diese Nacht schaue ich trotz Urlaub auf die Monitore. Ich habe das Gefühl, dass mein Schauen unkonzentriert ist oder nicht ernst gemeint, dass ich nicht mehr damit rechne, dass der Wolf auftaucht, dass ich viel eher damit rechne, dass Clemens auftaucht, trotz Urlaub, und wir einen Tee trinken und ich ihm vom Flughafen erzähle, von Loses neuem Job, von Erika, von den Flugzeugen und Fahrwerken.

Ich frage den jungen Zöllner, ob er mir den Lagerraum für die Schmuggelware zeigen könne. Da gebe es nicht viel zu sehen. Er zieht einen großen Schlüsselbund aus seiner Hosentasche und schließt die Tür auf. Er hat viele Sommersprossen, im Gesicht und auf den Händen. Ich frage mich, ob er, wenn kein Gepäck zu kontrollieren ist, in den Sommersprossen nach Bildern sucht. Ich erkenne einen Stuhl auf seinem rechten Handrücken.

Was er sich denn auf den Hals tätowiert habe, frage ich.

Das musst du schon selber herausfinden, sagt er und zwinkert mir zu.

Ich sage ihm, dass ich denke, dass dort Hals steht, und er lacht auf.

Hals, das hat noch keiner gesagt. Wie doof ist das denn. Hals.

Ich betrete hinter ihm den Raum. An drei Wänden stehen metallene Regale, die bis zur Decke reichen. An den Regalböden sind Schilder befestigt. Ich lese: ABANDONED, ILLEGAL, PROHIBITED, COUNTERFEIT, UNLICENSED. Auf dem Boden stehen drei Kartonschachteln:

CIGARETTES & TOBACCO

ANIMAL PARTS

MEDICINE

Ich frage, was in der Kiste der ANIMAL PARTS drin ist.

Ein Schildkrötenpanzer.

Ob hier auch schon Menschen illegal eingereist seien, frage ich.

An jedem Flughafen seien schon Menschen illegal eingereist, das liege im Wesen eines Flughafens.

Ich frage mich, was er unter dem Wesen eines Flughafens versteht, und frage ihn, ob ich den Schildkrötenpanzer anschauen könne.

Eigentlich hätte ich dich hier gar nicht hereinlassen dürfen.

Du bist die ganze Zeit auf Kamera. Der alte Zöllner zupft an den Ärmeln seiner Uniform. Die Kameras überwachen jeden Quadratmeter des Geländes. Für die Sicherheit, sagt er.

Es würde ja kaum etwas geschmuggelt, sage ich, und der Flughafen sei nicht gerade ein bedeutender Flughafen, was seiner Meinung nach hier passieren könne?

Was an Flughäfen so passiert. Man lese Zeitung. Und dass so wenig geschmuggelt werde, dass überhaupt so wenig passiere, das liege eben genau an den Überwachungskameras. Da gebe es Statistiken, Präventionsmaßnahmen, so was eben.

Irgendwo auf dem Flughafen gibt es einen Überwachungsraum, ähnlich dem Überwachungsraum in der Fabrik, mit vielen Monitoren, und davor sitzt jemand, der auf die Monitore schaut und der beobachtet, wie ich Essen aus dem Automaten lasse, wie ich mit Lose spreche oder den Zöllnern, dem alten und dem jungen, wie ich dem Gepäckband zuschaue, oder den Passagieren, wie ich mich manchmal unter die Spotter mische und mit einem Fernrohr die Fahrwerke der Maschinen beobachte, wie ich manchmal eine Taube füttere.

Mike Alfa November November Delta Echo Romeo Victor Oscar Mike Hotel India Mike Mike Echo Lima Foxtrot India Echo Lima

Ich habe zuvor nicht auf Tauben geachtet. Ich sah manchmal welche auf dem Fabrikzaun sitzen. Jetzt sehe ich sie vermehrt auf dem Fabrikgelände herumgehen. Erst gestern habe ich auf dem Monitor eine kleine Taubenschar beobachtet, die sich zwischen den Produktionshallen aufhielt. Einer fehlten mehrere Krallen, einer anderen der ganze Fuß, einer dritten wuchs ein Geschwulst am Schnabel. Auf den Monitoren war das nicht zu sehen, aber so stellte ich mir die Tauben vor, die unerwartet hochflogen und aus dem Monitorbild verschwanden.

Ich dachte an die Flöhe und Milben in ihrem Gefieder und daran, dass ich die Flöhe einsammeln und in kleinen Gläsern halten und füttern könnte, dass ich kleine Wagen bauen und die Flöhe vor die Wagen spannen könnte und sie würden die Wagen ziehen. Für das menschliche Auge würden sie kaum zu sehen sein und die Wagen würden sich wie von selbst über die Tischplatte bewegen.

Wie viele Flöhe braucht es, um ein Flugzeug zu ziehen?

Ein Floh kann das 20 000fache seines Körpergewichts ziehen. Das Körpergewicht eines Flohs beträgt circa 0,6 mg.
0,6 mg = 0,0006 g
0,0006 g × 20 000 = 12 g = 0,012 kg
Das Leergewicht einer Boeing 737–700 beträgt 37 648 kg.
37 648 kg/0,012 kg = 3 137 333,333
3 137 334 Flöhe braucht es, um eine leere Boeing 737–700 zu ziehen.

WOLF: Ich warte noch.

Lose sitzt am Steuer und hält die Augen geschlossen. Wir sind soeben von einer Fahrt zurückgekommen und warten auf die nächsten Passagiere nach Lanzarote.

Schläfst du, frage ich.

Lose gibt keine Antwort. Ich höre Stimmen von draußen.

Die Passagiere, sage ich. Lose hält die Augen noch immer geschlossen. Die Passagiere treten vor die Frontscheibe, halten die Hände und Gesichter an die Scheibe und spähen hinein.

Da wollen welche einsteigen, sage ich noch einmal.

Die Passagiere klopfen an die Scheibe.

Lose öffnet die Augen und seufzt. Er drückt auf den Türöffner. Die Passagiere betreten hastig den Bus. Eine Passagierin setzt sich neben mich, gleich schräg hinter Lose. Lose schließt die Türen.

Die Passagierin lehnt sich nach vorne und fragt Lose, ob er schon einmal auf Lanzarote gewesen sei.

Noch nie, sagt er.

Die Passagierin hält ihre Tasche fest umschlungen und schaut ununterbrochen Lose an. Ich frage sie, ob alles in Ordnung sei.

Ja, bestimmt, sagt die Passagierin, es sei nur die Ähnlichkeit, ob sie sich die Frage erlauben dürfe, ob er Maler sei.

Nein, er sei kein Maler, er sei Busfahrer.

Sie frage, sagt die Passagierin, weil in der Straße, in der sie wohne, da habe vor Jahren ein Maler gelebt und einmal habe sie ihn besucht und habe sich die Bilder angeschaut, er habe ihr etwas verkaufen wollen, er würde ihm sehr ähnlich sehen, auch seine Stimme erinnere sie an den Maler.

Lose parkt den Bus neben der Maschine. Er müsse sie enttäuschen, sagt er, er sei nie Maler gewesen, er könne nicht malen, auch wenn er es gerne können würde, aber wer würde das nicht gern.

Die Passagierin schüttelt den Kopf. Sie verabschiedet sich und verlässt den Bus. Dabei hält sie ihre Tasche noch immer fest umschlungen und schaut mehrmals zu uns zurück.

Ich finde Erika im Raucherraum. Sie zündet sich eine Zigarette an. Ich setze mich neben sie auf die Bank. Zwei Männer uns gegenüber nicken mir zu. Ich nicke zurück.

Kann ich mit dir zu deiner Schicht? Ich würde gerne mal ein Fahrwerk sehen.

Ein Fahrwerk? Wozu?

Einfach ein Flugzeug aus der Nähe, die Räder, das Fahrgestell.

Du interessierst dich für Flugzeuge?

Du dich doch auch.

Ich muss die Schichtleiterin fragen. Versprechen kann ich nichts. Erika steht auf, drückt mir ihre Zigarette in die Hand. Ich muss, leider. Sie greift nach ihrer Werkzeugkiste und verlässt den Raucherraum. Ich bleibe sitzen, schweige mit den beiden Männern, rauche Erikas Zigarette auf und verlasse dann ebenfalls den Raum und die neblige Luft.

Ich stehe bei der Grube. In der ausgehobenen Erde kann ich Abdrücke von Pfoten erkennen, kleine Einbuchtungen. Ich gehe weiter zu den Containern und untersuche die Abfallsäcke, die nicht mehr in die Container passten. Einer ist aufgerissen und Müll liegt auf dem Boden verteilt. Der Wolf, denke ich, aber es könnte genauso gut ein Marder, ein Fuchs oder sonst ein Tier gewesen sein.

Es ist noch dunkel. Ich stehe vor dem Personaleingang zum Flughafengelände. Das Gelände ist voller Linien aus Lichtern. Die weißen Unterflurlampen auf der Mittellinie und an den Randlinien zeichnen die Startbahn nach, die grüne Befeuerung markiert deren Anfang und die rote Befeuerung deren Ende. Die Randbefeuerung der Rollfelder ist blau und die Mittellinienbefeuerung grün. Zwei Scheinwerfer beleuchten die Vorfelder. Abgesehen davon bleiben viele Stellen in der Dunkelheit. Ich fixiere mit meinem Blick eine Unterflurlampe auf dem Rollfeld und meine einen Schatten darüberhuschen zu sehen. Dann leuchtet sie wieder regelmäßig, dann erneut ein Schatten. Vielleicht ist sie defekt, vielleicht hat sie geflackert.

Vielleicht ist aber auch jemand darübergelaufen, vielleicht jemand, der aus einem Fahrwerk stieg.

Ein paar Meter neben mir lehnen sechs Männer und Frauen in grauen Overalls am Tor; gelbe Neonstreifen auf den Oberarmen. Sie rauchen. Erika stellt ihr Motorrad neben den Zaun, zieht den Helm vom Kopf. Auch sie trägt bereits den Overall.

Guten Morgen, sie klopft mir auf die Schulter, ich frag gleich die Schichtleiterin.

Wieder die Letzte, ruft eine rothaarige Frau ihr entgegen.

Ich verstehe nicht, was die beiden Frauen sprechen. Wahrscheinlich sagt Erika, dass ich vernarrt sei in Flugzeuge oder großes Interesse an einer Flugzeugmechanikerinnenlehre hätte, dass sie mir gerne ein Flugzeug aus der Nähe zeigen möchte, das Fahrgestell, die Räder, die Abläufe eines Arbeitstages. Ich fühle mich wie eine Zoobesucherin, die unbedingt in das Elefantengehege reingehen möchte.

Erika kommt zu mir zurück. Geht klar, sagt sie.

Wir gehen nacheinander durch eine Drehtür.

Ich laufe zuhinterst, hinter Erika. In einem Raum mit Kaffeemaschine und Plastikbechern setzen sich alle um einen runden Tisch. Die Schichtleiterin verteilt die Arbeit. Danach nehmen alle ihre Werkzeugkisten aus ihren Spinden.

Wir bleiben vor einem Flugzeug stehen. Walk-around-Check, sagt Erika. Das ist das, was wir hier machen. Jedes Flugzeug, das gelandet ist, ist fluguntauglich. Und wir müssen kontrollieren, ob wir es als flugtauglich wieder freigeben können oder ob man es grounden muss oder was.

Ich folge Erika ins Cockpit. Sie nimmt ein rot eingebundenes Buch aus einem Schaft.

Im Logbuch, sagt sie, stehen Fehlermeldungen. Wenn etwas auf dem Flug nicht in Ordnung war, dann wird das vom Piloten hier vermerkt.

Und?

Nichts. Erika klappt das Buch zu. Sie bedient den Bordcomputer. Das Wartungsprogramm, sagt sie, hier erkennt man Ölstand, Reifendruck, die Temperatur der Triebwerke in bestimmten Flugphasen und so weiter.

Ich schaue mich im Cockpit um, die Knöpfe, die Lämpchen, die Schalter, die Knäufe, die Monitore, die Zahlen, die Zeiger.

Verstehst du das alles, frage ich und habe große Lust, eines der Knöpfchen zu drücken.

Ich bin keine Pilotin, sagt Erika.

Wärst du gerne eine?

Manchmal schon, sagt sie, und ich folge ihr durch den Flur und die Fluggasttreppe hinunter.

Wir gehen um das Flugzeug herum.

Ich muss schauen, ob da eine Beule ist, ob da irgendwo ein Vogel reingeflogen oder ein anderer Kollisionsschaden zu entdecken ist. Erika schaut sich die Oberfläche der Maschine an.

Sie überprüft die Steuerflächen, die Klappen an den Flügeln.

Und dann muss ich schauen, ob irgendwo Flüssigkeit ausgelaufen ist, ob alle Deckel geschlossen sind. Offene Deckel gefährden die Sicherheit. Da kann was ins Triebwerk geraten und dann ist's aus und ich bin schuld.

Erika geht zum Fahrwerk und ich gehe mit. Die Flugzeugräder reichen mir bis über die Hüfte. Ich schaue in die Öffnungen, in den Flugzeugbauch. Ich sehe nicht weit, da sind überall Kabel, Schläuche, Leitungen. Ich kann mir nicht vorstellen, dass man hineinkriechen kann, dass man da irgendwo Platz findet.

Wenn ich einen Fehler finde, sagt Erika, und mir nicht sicher bin, dann funke ich eine Kollegin, einen Kollegen an oder ich schaue in der Anleitung nach. Es gibt für alles eine Anleitung. Wenn zum Beispiel eine Triebschaufel ausgewechselt werden muss, dann kann ich Schritt für Schritt nachlesen, wie das zu tun ist, mit welchem Werkzeug, alles. Mit dieser Anleitung könntest auch du eine Triebschaufel wechseln. Wenn aber keine Zeit ist oder ich trotz Anleitung unsicher bin, dann rufe ich den Troubleshooter-Ingenieur. Jede Maschine hat seinen Ingenieur. Der kennt seine Tantchen in- und auswendig; jeden Makel, jede Schramme, jede Marotte. Verstehst du?

Ja, sage ich und versuche mir vorzustellen, wie der Mann in das Fahrwerk gestiegen ist, wo er seine Füße hingestellt hat, wo er sich festgehalten und hochgezogen hat.

Das war's eigentlich, sagt Erika.

Kann man hier hineinklettern, frage ich und zeige in den Flugzeugbauch.

Erika schaut mich erstaunt an. Theoretisch schon, sagt sie, aber das ist nicht gemütlich, da sind überall Leitungen, und stell dir vor, du kletterst da rein und dann fährt das Ding los und das Fahrwerk wird eingeklappt und du sitzt da fest.

Ich stelle mir vor: Ich klettere da rein und das Ding fährt los und das Fahrwerk wird eingeklappt und ich sitze fest.

Ich folge Erika zurück in den Raum mit der Kaffeemaschine und den Plastikbechern. Auf einem Tischchen steht ein Computer. Erika tippt Zahlen in Listen, setzt Häkchen. Sie füllt ein Papierformular aus, kontrolliert es noch einmal. Dann nimmt sie aus ihrer Overalltasche einen Stempel, drückt ihn in das Stempelkissen, das neben der Tastatur liegt, und auf das Formular. Ich lese 34 50.

Und jetzt, frage ich.

Werkzeugcheck. Sie öffnet ihre Werkzeugkiste.

Wenn ein Werkzeug fehlt, das ist das Schlimmste. Dann hast du es vielleicht irgendwo liegen gelassen, beim Tank vielleicht, einen Schraubenzieher beispielsweise, und der könnte dann ins Triebwerk gelangen und dann würde man untersuchen, warum das Flugzeug abgestürzt ist und dann würde man den Schraubenzieher finden und jeder Schraubenzieher, jedes Werkzeug hat eine Nummer –

Ihr Funkgerät piept.

34 50. Bitte kommen. – Verstanden. Ich komme.

Wir müssen zum Vorfeld 1. Ärger mit der Hydraulik.

Erika verschwindet im Cockpit. Ich bleibe unten stehen und schaue zum Zaun und über das Rollfeld. Ich erkenne keine Versteckmöglichkeiten, nicht bei dem Flugzeug, nicht auf dem Rollfeld. Wo hätte sich der Mann, wenn er überlebt hätte, wenn er aus dem Fahrwerk gestiegen wäre, verstecken können. Da ist kein Baum, kein Strauch.

Ich schaue mir die Reifenrillen an, die metallenen Verstrebungen zwischen den vier Rädern und ich schaue in den Flugzeugbauch. Ich stelle meinen Fuß auf die Radnabe.

Meine Hände sind klebrig und schmutzig. Erika kommt mit einem Mann in grauem Overall die Treppe hinunter. Ich versuche, mir die Hände an der Hose sauber zu wischen. Der Dreck bleibt. Und ich sehe, dass auch an der Hose bereits Dreck haftet. Schmieröl wahrscheinlich.

Das ist Klaus, sagt Erika. Klaus nickt mir zu.

Guten Morgen, sage ich und verschränke die Arme hinter dem Rücken.

Machst du den Stempel, fragt Klaus, ich muss gleich weiter. Erika nickt. Ich schaue Klaus nach, der seine Werkzeugkiste von der rechten in die linke Hand und wieder in die rechte Hand nimmt und hinter einem Flugzeug verschwindet.

Man gibt nicht jedem seinen Stempel, sagt Erika und faltet das Formular zusammen. Das war Klaus' Maschine, aber weil ich auch nochmals draufgeschaut habe, setze ich jetzt den Stempel. Wenn man einander vertraut, dann geht das in Ordnung. Wenn Klaus einen Fehler gemacht hat bei der Kontrolle und da jetzt mein Stempel ist, dann hänge ich. Aber Klaus hat in fünfundzwanzig Jahren noch nie einen Fehler gemacht.

Wenn Erika etwas nicht weiß, dann hat sie die Möglichkeit, in der Anleitung nachzuschauen. *Es gibt für alles eine Anleitung.*

Ich wünsche mir, wie Erika zu sein, eine solche Anleitung zu besitzen und einen Werkzeugkasten mit Schraubenzieher und Zangen und zu wissen, welche Schraube an welchen Ort gehört und aus welchem Grund, einen solchen Overall zu tragen, mit leuchtenden Neonstreifen an den Oberarmen, mich so sicher zu bewegen wie sie, aufrecht mit großen Schritten, mich durch nichts aus der Fassung bringen zu lassen, nicht durch eine fehlerhafte Hydraulik, nicht durch einen abgebrochenen Flugzeugflügel. Mich bringt schon ein unsichtbarer Wolf aus der Fassung.

Mein Universal-General-Lexikon ist nicht mit Erikas Anleitung zu vergleichen. Das Lexikon ist weniger universal und general, wie es scheint, es gibt Lücken, Fehlendes, Unerwähntes. Beispielsweise steht dort nichts über Fahrwerke drin, auch nichts über den Walk-around-Check. Die Fallgrube hingegen ist Bestandteil, auch Wellkarton und Wolf.

Ich füge die fehlenden Begriffe am schmalen Seitenrand hinzu und zweifle daran, dass die Seitenränder des Lexikons ausreichen werden, um aus dem Universal-General-Lexikon ein lückenloses Universal-General-Lexikon zu machen.

Da waren Kabel, Schläuche, Leitungen. Da waren Kunststoff und Metall, ein Geruch nach Öl und ein Gefühl von Enge, ein Drücken auf meiner Brust. Ich habe daran gedacht, dass ich wieder rauskann, beim Betrachten der Schläuche, beim Berühren der Kunststoffwände, beim Vorwärtsrobben.

Die Touristen, die mit den Flugzeugen ankommen, machen Fotos. Sie fotografieren das Flugzeug, ihre Mitreisenden, Familienmitglieder, Freunde, sie fotografieren das Rollfeld, das Flughafengebäude. Sie zoomen die Fluggasttreppe heran oder die Flugzeugfenster. Sie stellen sich selber ins Bild, vor das Flugzeug, vor das Rollfeld.

Auf wie vielen Touristenfotos wird wohl Loses Gesicht, ein Teil seines Gesichts, ein Arm, eine Schulter oder sonst ein Stück von ihm zu sehen sein, in wie viele Fotoalben wird man ihn mit Fotoecken hineinkleben? Ich frage mich, ob sich die Betrachter der Fotoalben über ihn unterhalten werden, ob sie mit einem Zeigefinger auf diese Stellen drücken werden, ob unter ihren Fingerballen das Fotopapier leicht kleben bleiben und sich mit einem schmatzenden Geräusch lösen wird, ob sie Lose auf den Bildern überhaupt sehen werden, ob sie nicht vielmehr das sehen werden, was sie kennen und was sie fotografieren wollten: sich selbst und dazu die Mittagssonne, einen Flugzeugflügel oder den Schriftzug am Flughafengebäude in roten Leuchtbuchstaben.

Auch die Spotter machen Fotos. Hauptsächlich, vielleicht auch ausschließlich, von Flugzeugen, von stehenden, landenden und startenden. Manchmal versammeln sie sich auf der Besucherterrasse. Meistens aber stehen sie am Zaun, weil von dort die Flugzeuge besser zu sehen sind. Sie tragen alle Mützen und farbige Windjacken, vorzugsweise in Gelb. Einige kommen mit Leitern, andere haben Klappstühle dabei, sie tragen Fotoapparate oder Ferngläser oder beides mit sich. Vielleicht hätte einer von ihnen gesehen, wie der Mann, der vom Himmel fiel, aus dem Fahrwerk geklettert wäre, wie er sich hinter den Rädern versteckt hätte. Von hier aus wäre das zu sehen gewesen.

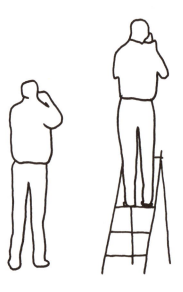

Vom Mann, der vom Himmel fiel, gibt es keine Fotos, kein Familienalbum, keine Briefe. Vom Sturz und dem langen Liegen im Wald wurde sein Gesicht unkenntlich. Er ist gesichtslos und namenlos. Seine Familie wird nicht von seinem Tod erfahren, nicht wissen, wo sein Grab liegt.

Vielleicht existieren irgendwo Fotografien von ihm, vielleicht in Kamerun, wo seine Herkunft vermutet wird. Aber mit Sicherheit ist das nicht zu sagen, nicht, dass der Mann, der vom Himmel fiel, aus Kamerun stammt, und auch nicht, dass dort Fotografien von ihm existieren.

Ich fahre mit Lose zum Vorfeld 2. Auf halber Strecke sitzt eine Taube auf der Fahrbahn. Lose fährt langsamer, die Taube bleibt sitzen. Lose hält an, hupt. Noch immer bewegt sich die Taube keinen Zentimeter.

Hindernis auf der Fahrbahn, sagt er ins Mikrofon, bitte bleiben Sie im Bus.

Er steigt aus, geht auf die Taube zu, klatscht in die Hände. Die Taube bleibt sitzen. Er nimmt Anlauf und rennt los, die Taube flattert auf den Rasen. Als Lose zurück in den Bus steigt, klatschen die Passagiere, so als ob Lose soeben einen Airbus 380–800 sicher gelandet hätte.

Nachdem die Passagiere ausgestiegen und im Flugzeugbauch verschwunden sind, begleite ich Lose zur Waschanlage. Die Frontscheibe des Busses ist mit Vogelkot befleckt. In der Lüftung kleben tote Insekten. Lose wischt die Frontscheibe und die Lüftung sauber; zuerst mit Schaum, dann mit Wasser. Ich stehe daneben und denke an Triebwerke, an Tauben in Triebwerken und an Menschen in Fahrwerken.

Ich schaue in den Himmel und dort sehe ich einen großen Vogel. Lose muss meinem Blick gefolgt sein. Der Robotvogel, sagt er. Der wird seit einer Woche eingesetzt, gegen die Tauben, Mistviecher.

Ich sehe den Robotvogel über der Rollbahn kreisen. Eine Taubenschar nähert sich. Der Robotvogel fliegt auf die Schar zu, fliegt mitten hinein. Die Schar trennt sich, sammelt sich erneut. Der Robotvogel fliegt wieder hinein. Die Tauben weichen nach unten aus. Der Robotvogel folgt im Sturzflug.

Ich höre ihn schreien. Ein hoher, harter Ton. Die Tauben fliehen in Richtung Fabrik.

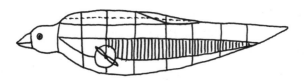

In den nächsten Tagen bleibe ich in der Fabrik. Manchmal schaue ich auf die blinden Monitore, aber mehr aus Gewohnheit. Ein einziges Mal laufe ich die Fallenstandorte ab.

Plötzlich kann ich mir vorstellen, für immer hierzubleiben. Auch wenn die Fabrik schließt. Mir einen Job in der Stadt zu besorgen und in der Halle wohnen zu bleiben. Ich habe mich an das Rechteck gewöhnt. Auch an den Wolf. Ich könnte einen Garten anlegen. Ich könnte einen Sitzplatz einrichten. Ich könnte die Fallgrube mit Wasser füllen und Karpfen züchten oder Seerosen. Ich könnte weiterhin den Flugzeugen beim Starten und Landen zusehen, weiterhin mit Clemens und Lose Zeit verbringen.

Die Fabrik könnte eine Touristenattraktion werden. Lose würde die WKA laufen lassen und zeigen, wie die Produktion einst funktionierte. Ich wäre seine Assistentin. Die Touristen würden auf dem Gelände herumgeführt werden. Bei der Fallgrube würde ich ihnen die Geschichte des Wolfes erzählen. Ich würde sagen, dass der Wolf die Fabrik bedrohte und dass man Fallen für ihn aufstellte, dass der Koch ihn gesehen hat, dass es ein großer Wolf gewesen ist, dass man ihn hier Bestie nannte und noch immer die Möglichkeit besteht, dass er jeden Augenblick auftaucht. Die Touristen würden sich gruseln, sie würden dann enger beieinander zum L-förmigen Gebäude und in den Überwachungsraum zurücklaufen. Dort würden wir den Touristen Kaffee servieren, und auf dem Tisch würden die Memoiren des Chefs in Buchform liegen. Die Touristen würden darin blättern und aus ihren Bechern schlürfen. Dann würden sie Fotos machen, von der Fabrik, auch von Lose und mir, und einige würden Lose vielleicht fragen, ob er Maler oder Astronaut gewesen sei.

Da waren Kabel, Schläuche, Leitungen. An meinen Händen blieb Schmieröl kleben.

Möglich wäre, dass eine der Kameras auch die Vorfelder überwacht und ich auf einem der Bänder zu sehen bin, wie ich bei den Rädern stehe, die Flugzeugreifen betrachte, die Felgen, die Federstreben, wie ich in den Flugzeugbauch schaue, meinen linken Fuß auf die Radnabe stelle, den rechten Fuß auf das Rad. Vielleicht war ein Spotter schon so früh auf den Beinen, dass er fotografiert hat, wie ich mich an dem Fahrgestell hochzog, wie ich meine Füße nacheinander auf weitere Metallteile stellte, wie ich im Fahrwerk verschwand. Vielleicht hat er auch ein Foto davon gemacht, wie Klaus und Erika auf mich zukommen, wie ich meine Hände hinter dem Rücken verstecke.

DREI

Der Chef kommt in den Überwachungsraum. Er sieht ausgeruht aus, seine Augenringe sind schwächer geworden, auch scheint mir, dass seine Schultern nicht mehr so herabhängen. Er habe ergiebige Wochen hinter sich, sagt er, alle nötigen Renovierungen seien erledigt, sogar die Zaunlatten neu gestrichen. Wie mein Urlaub gewesen sei, fragt er, ob sich etwas ereignet habe.

Nein, nichts, sage ich.

Haben Sie die Fallenstandorte gecheckt?

Ich hatte Urlaub.

Dann werde ich das jetzt machen, vielleicht haben wir Glück.

Ich schaue dem Chef nach und frage mich, ob ich auch zu *wir* gehöre, und denke, dass ich mir Glück anders vorstelle.

Nach kurzer Zeit kommt der Chef mit dem Koch in den Überwachungsraum zurück.

Die Grube ist eingestürzt, sagt er, eine Seitenwand. Das hätte nicht passieren dürfen, Sie hätten die Seitenwände abstützen müssen, das ist gefährlich.

Das hätte ins Auge gehen können, sagt der Koch.

Zu dritt gehen wir zur Grube und begutachten die Einsturzstelle. Die Grube ist auf der einen Seite um circa dreißig Zentimeter eingebrochen. Ein Erdhaufen liegt am Grubengrund.

Zum Glück war Urlaub, zum Glück haben Sie nicht gegraben, sagt der Chef.

Ich sage dem Chef, dass Clemens und ich über eine Einsturzsicherung nachgedacht hätten und dass wir noch nicht dazu gekommen seien; auch schien der Boden fest, die Wände schienen stabil.

Normalerweise öffnet Clemens die Tür zum Überwachungsraum mit Schwung, geht, während er den Mantel auszieht, zum Fenster, fragt, wie die Nacht war oder ob sich etwas ereignet habe, und wirft den Mantel über den Radiator. Jetzt aber bleibt er im Türrahmen stehen. Er hält einen Zettel in der Hand.

Wie war die Reise?

Gut, sagt er.

Magst du Kaffee?

Clemens bleibt noch immer stehen. Dann macht er doch einen Schritt in den Raum und hebt den Zettel hoch. Ich sehe das Papier in seiner Hand leicht zittern.

Das ist ein Phantombild der Polizei. Damit wird in der Stadt nach einer Bankräuberin gefahndet. Das Bild sieht dir sehr ähnlich, bist du das, fragt er und streckt mir das Papier entgegen.

Ich schaue auf das Bild.

Das soll ich sein?

Da sind schon Ähnlichkeiten, der Mund, die Nase, findest du nicht?

Ich sage, dass ich nicht glaube, dass ich das sei. Wenn ich das sein sollte, dann müsste ich eine Bank überfallen haben.

Clemens zieht eine Augenbraue hoch und sagt, dass eine bewaffnete Frau in eine Bankfiliale eingedrungen sei und die Angestellten mit einer Pistole bedroht habe, dass sie bei ihrer Flucht einen Angestellten angeschossen habe, dass die Tatverdächtige mit einem fünfstelligen Bargeldbetrag aus der Filiale habe flüchten können und spurlos verschwunden sei. Das Phantombild sei aufgrund von Zeugenaussagen erstellt worden. Die Frau habe einen beigen Mantel mit hohem Kragen und eine Mütze getragen. Die Frau habe einen Komplizen gehabt, ein Mann habe die Bank mit ihr betreten, habe sich im Hintergrund aufgehalten und habe vor der Frau die Bank wieder verlassen, wahrscheinlich, um das Fluchtauto bereitzustellen. Er hält das Bild wieder vor mein Gesicht, diesmal noch dichter.

Das sind doch nicht meine Augen, sage ich.

Vielleicht sind sie ein bisschen schmaler, aber es könnten deine Augen sein.

Glaubst du, dass ich eine Pistole besitze, glaubst du, dass ich damit auf Menschen schieße, frage ich.

Clemens schweigt. Er wendet den Blick vom Phantombild ab und schaut stattdessen auf die Monitore.

Wer sollte mein Komplize gewesen sein? Du warst doch im Urlaub, sage ich.

Er schaut mich an, und ich sehe an seinem Gesichtsausdruck, dass jetzt nicht der richtige Moment ist, um Witze zu machen.

Er lässt sich auf den Stuhl neben mir fallen.

Ich bin wirklich erschrocken, sagt er.

Ich auch, sage ich.

Dann schweigen wir lange. Auch auf den Monitoren geschieht nichts.

Während meines Urlaubs habe ich nachgedacht, sagt Clemens. Ich weiß kaum etwas über dich, wo hast du gearbeitet vor der Fabrik, wo hast du gelebt. Du erzählst kaum was von dir.

Ich sage ihm, dass er das vorher auch nicht habe wissen wollen, dass ich ihm aber sagen könne, wenn es ihn beruhige, dass ich in einer Stadt weiter südlich gelebt hätte, dass ich in einer Bibliothek gearbeitet, den Lagerbestand überprüft, die neuen Lieferungen einsortiert, die Bestellungen entgegengenommen hätte, dass ich viel mit Regalen zu tun gehabt, dass ich sogar von Regalen geträumt hätte, dass meine Wohnung dort im Parterre gelegen und ich Zugang zum Garten gehabt hätte, dass ich Tomatenstauden und Kräuter angepflanzt hätte, Salbei und Rosmarin, dass dort eine kleine Steinmauer gewesen sei, auf der sich im Sommer Eidechsen sonnten, dass ich mich gefragt hätte, ob die Eidechsen es spüren, wenn ihnen der Schwanz abfällt, ob sie dann Schmerzen haben, was mit dem abgefallenen Schwanz passiert, ob er sich kringelt, ob er noch zuckt, ob dann Vögel kommen und ihn fressen.

Ich sage Clemens, dass alles seine Zeit habe, dass man zeitweise froh sein könne unter Büchern und Regalen, Lagerbeständen, unter Eidechsen, mit oder ohne Schwanz, dass das auf Dauer aber nicht genug sei, dass man sich frage, ob man überhaupt ein Bestandteil sei und wenn ja, wovon, dass ich meine Sachen gepackt hätte und nun hier sei, ob ihm das reiche.

Clemens befeuchtet seinen Finger und wischt damit über das Glas seiner Armbanduhr. Ob ich hier das Gefühl hätte, ein Bestandteil von etwas zu sein, fragt Clemens.

Vielleicht, ja, vorübergehend, sage ich.

Es tut mir leid, sagt Clemens. Es ist nur die Ähnlichkeit der Gesichter. Es tut mir leid, sagt er noch einmal, und ich nehme ihm den Zettel aus der Hand und gehe damit in meine Halle.

Es gibt eine Insel, auf der die Häuser verlassen stehen; ein Gift hat die Menschen von der Insel vertrieben, nur ein paar wenige sind zurückgeblieben, dem Gift zum Trotz. Die, die geblieben sind, kochen und heizen mit Holz oder dem restlichen Gas, das noch zu finden ist, suchen ihr Essen in den leer stehenden Häusern, legen kleine Gärten an, vertreiben sich die Zeit mit Kartenspielen und dem Beobachten des Wellengangs. Sie vergewissern sich gegenseitig, dass man die Gefahr des Gifts nicht ermessen könne, dass man ja noch lebe, dass eines Tages wieder Schiffe kommen würden und mit den Schiffen Menschen, Rückkehrer, Familien, Freunde, dass sie berichten würden von draußen, dass sie Geschichten mitbringen würden, und sollten sie fragen, was man gemacht habe die ganze Zeit, werde man sagen, dass man gewartet habe, Karten gespielt, aufs Meer geschaut.

Ich weiß, dass Clemens jetzt direkt unter mir im Überwachungsraum sitzt und auf die Monitore schaut. Eine dicke Wand zwischen uns. Ein Oben und ein Unten.

Ich ziehe das Phantombild aus meiner Hosentasche und betrachte es noch einmal.

Vielleicht denkt Clemens noch immer, dass ich die Bank überfallen habe. Vielleicht liegt der Verdacht nahe. Vielleicht habe ich mich so verhalten, wie sich jemand verhält, der plant, eine Bank auszurauben. Vielleicht kam mir der Urlaub gelegen. Vielleicht werde ich mit Clemens nicht mehr auf dieselbe Art und Weise sprechen können, weil er jetzt immer an das Phantombild denken und sich Gedanken machen wird über den Abstand meiner Augen, die Größe meiner Nase.

Ich weiß nicht, ob Clemens mich verstanden hat. Hätte ich ihm erzählen sollen, dass ich in einer Stadt weiter südlich meine Möbel in ein Brockenhaus gebracht, dass ich mein Konto aufgelöst und alle bestehenden Verträge gekündigt habe, die letzte Miete bezahlt, den Schlüssel der Vermieterin in den Briefkasten geworfen habe und weggegangen bin? Die Welt ist größer als vermutet, sie ist weit beweglicher und loser, als bisher angenommen. Ich möchte ihm gerne sagen, dass ich mich dafür entschieden habe, nicht an einem Ort zu verharren, mich nicht festzulegen, mich nicht an einen

Lebenslauf zu halten, nicht Teil von einer einzigen Geschichte zu sein, sondern, wenn überhaupt, dann von vielen Geschichten zugleich.

Menschen fallen vom Himmel, Wölfe werden gejagt, Gruben stürzen ein, es besteht die Möglichkeit, dass Fabriken wie diese explodieren, dass Hallen wie die meine in Stücke gerissen werden, dass Boote versinken, dass ein Gift große Gebiete unbewohnbar macht, dass ganze Dörfer umgesiedelt, Städte überschwemmt werden, Inseln sinken, Grenzen errichtet werden, dass Risse entstehen. Nichts ist sicher, nicht der Boden, auf dem wir stehen, und nicht die Flugzeuge, in die wir steigen, nicht die andere Seite von Grenzen.

Das alles möchte ich ihm gerne sagen, aber dann denke ich, dass ich mich nicht in Erklärungsversuchen verstricken sollte, dass dies hier auch nur ein Umfeld ist, das es irgendwann zu verlassen gilt.

Der Mann im Leuchtturm genügt sich selbst, er hat das Fernrohr und den Himmel. Die Menschen auf der vergifteten Insel genügen sich selbst, sie haben Kartenspiele, sie haben das Warten und Geschichten. Am meisten genügen sich die Skiapoden selbst, wenn die Sonne zu sehr scheint, dann spenden sie sich selber Schatten, sie brauchen dazu nicht mehr als ihren eigenen Fuß. Ich werde die Fabrik verlassen. Früher oder später. Ich werde mein Universal-General-Lexikon einpacken, meine Kamera und ein neues Umfeld suchen.

Auf dem Phantombild messe ich mit meinen Fingern den Augenabstand aus. Auch in meinem Gesicht ist der Abstand zwei Finger breit.

Vielleicht ist der Wolf schon viele Male durch die Löcher im Zaun gekrochen. Es stehen Fallen für ihn bereit. Bis jetzt ist noch kein Tellereisen zugeschnappt.

Ich mache mit meiner Kamera ein Foto von meinem Gesicht. Ich verbinde die Kamera mit dem alten Kopierer des Chefs und drucke das Bild aus. Mit dem Ausdruck meiner selbst gehe ich zum Fenster und klebe das Bild an die Scheibe. Ich klebe das Fahndungsbild, das mir Clemens gebracht hat, darüber und vergleiche die beiden Umrisse der Köpfe. Sie sind nicht deckungsgleich. Ich lege ein weiteres Blatt darüber und zeichne die beiden Umrisse mit einem Stift nach.

Vielleicht dort, wo auch die Skiapoden leben, vielleicht auf einer Landzunge, deren Zugang zum Festland nur bei Ebbe besteht, leben Menschen mit zwei Köpfen; mit vier Augen und Ohren, zwei Mündern und Nasen. Sie können zur selben Zeit aufs Meer schauen und auf das Festland. Sie können zur selben Zeit schlafen und wach sein, schweigen und sprechen.

Ich frage den Chef, ob ich seinen Computer benutzen dürfe, ich müsse ins Internet, ich bräuchte Informationen. Er fragt nicht, was für Informationen ich brauche. Er fragt nur, wie lange es dauern würde, und ich meine, eine halbe Stunde, und er sagt, dann könne ich gleich jetzt, er mache Mittagspause, er sei in der Kantine, wie wir mit der eingebrochenen Stelle klarkämen, ob wir die Seitenwände nun abgestützt hätten.

Noch nicht, sage ich, wir müssen Material besorgen, das Wetter ist auch nicht das beste, das dauert.

Der Chef nickt und verlässt sein Büro.

Im Internet lese ich auf der Seite der Polizei die Liste der begangenen Verbrechen durch und die Beschreibungen der gesuchten Personen.

Etwa 30 Jahre alt, 170 Zentimeter groß, Teilglatze, schmale Lippen, circa 155 Zentimeter groß, mittlere bis kräftige Statur, etwa 30 bis 40 Jahre alt, geschätzte 170 Zentimeter groß, längere, dunkle, glatte Haare, schulterlange weiße Haare, 175 Zentimeter groß, trägt Bluejeans und einen braunen Hut, von sportlicher Statur, blondbraunes, leicht gewelltes Haar, trägt einen grauen, halblangen Mantel, blaue Jeans, 25 bis 30 Jahre alt, athletische Statur, dunkle Haare mit Millimeterschnitt, über der Nase eine Narbe, von zierlicher Statur, trägt eine dunkle Jacke, Strumpfmaske mit Sehschlitzen, Handschuhe, markante Nase, 12 Zentimeter lange Narbe am rechten Ellbogen, 185 bis 190 Zentimeter groß, hat schlechte Zähne, dunkles Haar, blonde Haare, trägt einen Vollbart, auffällig schmales Gesicht, auffällige Tätowierung am rechten Oberarm (buntes Herz), Leberfleck (3 bis 4 Millimeter) auf der linken Wange, dünn gezupfte Augenbrauen, trägt einen blauen Pullover.

Die Phantombilder zeigen Gesichter, die den Gesichtern ähnlich sehen sollen, die zu den Menschen gehören, die ein Verbrechen begangen haben oder in ein Verbrechen involviert sein sollen. Die Gesichter wirken roboterhaft, zusammengebaut, bestehend aus Einzelteilen: Augen, Nase, Mund, Ohren, Kinn, Wangen, Stirn, Haaransatz, Haaren, Frisur.

Ich finde auch das Phantombild, das mich darstellen soll. Darunter steht als Bildunterschrift: Banküberfall mit Schusswaffe. So sieht die Täterin aus.

Sicher habe ich schon über einen Bankraub nachgedacht, aber wer hat das nicht?

Ich drucke einige Phantombilder aus und nehme sie mit in meine Halle. Ich zerteile sie mit einer Schere in ihre Bestandteile: Augen, Nasen, Münder, Ohren, Kinne, Wangen, Stirnen, Haaransätze, Haare, Frisuren.

Ich füge sie neu zusammen und wiederum entstehen Phantombilder, bestehend aus vielen Gesichtern zugleich.

Ich versuche ein Phantombild von Clemens zu erstellen. Ich versuche mich an seine Augen zu erinnern. Was für eine Nase hat Clemens? Ich versuche mich an ihre Größe, Form, Biegung zu erinnern. Ist sein Kinn spitz, ist es rund, hat er eingefallene Wangen, hat er eine hohe Stirn? Wie sieht Clemens' Mund aus?

Wenn ich die Person auf dem Phantombild wäre, dann hätte ich ein Verbrechen begangen oder wäre zumindest daran beteiligt gewesen. Dann hätte ich mit Pistole und Mantel und Mütze diese Bank betreten, hätte geschossen und die Bank mit viel Bargeld verlassen.

Ich klemme die Phantombilder zu den anderen Bildern,

Notizen und Skizzen in das Universal-General-Lexikon und denke an einen siamesischen Hund, den ich einmal in einem Museum als Flüssigkeitspräparat, eingeschlossen in ein Glas, gesehen habe.

PHANTOMBILD: Vom Mann, der vom Himmel fiel, wurde kein Phantombild erstellt.

Es besteht die Möglichkeit, dass Fäuste an meine Hallentür schlagen und Polizisten in meine Halle stürmen und mich festnehmen. Die Polizei würde Fragen stellen. Warum ich auf dem Fabrikgelände wohne, dafür müsse es Gründe geben.

Ich würde antworten, dass es auch Gründe dafür gebe, dass der Wolf sein gewohntes Gebiet verlassen habe, dass man ihn hier Bestie nenne, dass dies einer Unterstellung gleichkomme, dass das aber noch lange nicht heiße, dass er etwas zu verbergen habe.

Es gehe nicht um den Wolf, sondern um mich, würden

sie sagen und ich würde versuchen, noch einmal zu erklären, dass eine Verwechslung vorliegen müsse.

Ich hätte Bescheid wissen müssen über die Sicherheitsvorkehrungen, wo sich die Türöffnungs- und Zutrittskontrollen befinden, wo die Videokameras installiert sind und welche Bereiche der Bank sie aufzeichnen, wo durchschusssichere Spezialverglasung montiert ist. Ich hätte wissen müssen, wie ein Tresor zu knacken ist, oder ich hätte einen Tresorknack-Komplizen gebraucht, der Bescheid gewusst hätte, wie mit Stahlbetonböden und Stahlplattenwänden zu verfahren ist, der gewusst hätte, wie Körperschallmeldeanlagen auszuschalten sind, der schnell gewesen wäre und präzise, dem ich vertraut hätte.

Ich habe keine auffallenden besonderen Merkmale: Ich hinke nicht. Ich habe keine Narbe. Ich habe keine Prothese. Mir fehlt kein Finger. Mein einziges besonderes Merkmal ist ein Leberfleck am linken Oberarm, aber der ist meistens verdeckt und auch nicht auffallend groß.

Ich frage mich, wie viele Fingerabdrücke ein Mensch in seinem Leben hinterlässt. Wie viele Fingerabdrücke ich schon hinterlassen habe und wo:
    auf einer Taschenlampe
    an einem Spatenstiel
    an Hallenwänden
    an Kantinentischen
    im Bauch eines Flugzeuges, an den Rädern, Felgen
    auf Treppengeländern
    Türklinken
    Tischplatten

Stuhllehnen
Gläsern, Tellern und Besteck

FINGERABDRUCK: Schweiß, 10 Mikrogramm Chlorid, 10–100 Mikrogramm Aminosäuren, 1 Mikrogramm Harnstoff, 0,5 Mikrogramm Ammoniak, 5–100 Mikrogramm Talg.

Ich hätte auf jeden Fall Handschuhe getragen, aus Stoff oder Leder.

Ich hätte mir eine Waffe besorgt, eine echte oder eine gute Fälschung, einen Mantel und eine Strumpfmaske.

Vielleicht hätte ich meine Stimme verstellt, tiefer gesprochen, in einer anderen Sprache, oder gar nicht gesprochen, das wäre wohl das Beste gewesen. Ich hätte meine Forderungen auf einen Zettel geschrieben und hochgehalten, in der anderen Hand die Waffe. Den Zettel hätte ich auf jeden Fall wieder mitnehmen müssen, weil die Polizei sonst eine Schriftanalyse hätte durchführen können und man davon auf meinen Charakter und Sonstiges von mir hätte schließen und mich so leichter finden können. Auf dem Zettel hätte gestanden: 1 000 000 oder besser 1 Million. Ich hätte mit links geschrieben oder hätte die Zahlen und Buchstaben aus einer Zeitung ausgeschnitten, aus vielen verschiedenen Zeitungen. Ich hätte ein freundliches Gesicht gemacht, um klarzustellen, dass ich nicht vorhätte, von der Waffe Gebrauch zu machen, und auch froh wäre, wenn die Bankangestellte oder der Bankangestellte nicht auf einen roten Knopf drücken und die Polizei alarmieren würde.

Mein Komplize und ich hätten uns einen Fluchtwagen organisieren müssen, in einer unauffälligen Farbe oder in einer auffälligen Farbe. Ich hätte gelernt, wie mit einem Draht oder einem Schraubenschlüssel das Schloss eines Autos zu knacken und es ohne Schlüssel zu zünden ist, oder mein Komplize hätte dies gekonnt. Vielleicht hätten wir auch kein Auto gebraucht, sondern unsere Flucht zu Fuß angetreten, mit dem Fahrrad, das Fahrrad stoßend.

Mit Erika als Komplizin wäre der Fluchtweg geklärt gewesen. Wir hätten ein Fluchtflugzeug besorgt. Erika hätte den Walk-around-Check gemacht und hätte im Cockpit auf mich gewartet. Ich wäre zu Erika ins Cockpit gestiegen und hätte tief eingeatmet, bevor sie das Flugzeug gestartet und beschleunigt, den Sidestick gezogen hätte und die Maschine abgehoben wäre.

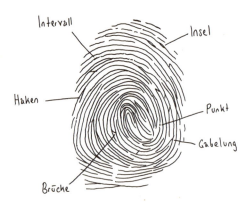

Wir hätten daran gedacht, dass es schiefgehen könnte, dass wir zu Fuß zu langsam sein würden, dass das Fluchtauto auf der Flucht eine Panne haben könnte, ein Reifen platzen oder der Motor nicht anspringen könnte, dass das Fluchtflugzeug in einen Vogelschwarm geraten oder am Bordcomputer sonst irgendeine Fehlermeldung aufleuchten könnte, dass Erika vielleicht notlanden müsste und uns auf dem

Feld Polizisten erwarten würden, Scharfschützen und Hunde, jede Menge Hunde und jede Menge Scharfschützen und Hubschrauber neben und über uns.

Der Koch bringt mir eine Tasse Kaffee und meint, dass in der Stadt Phantombilder hängen würden, in der Post, im Laden. Die Ähnlichkeit sei verblüffend, sagt er. Er schaut mir prüfend ins Gesicht. Ich nehme einen Schluck Kaffee und verbrenne mir die Zunge.

Du hast auch schon Lose für einen verschollenen Astronauten gehalten. Mir scheint, dass deine Fähigkeit, Gesichter zu erkennen, nicht allzu groß ist.

Ich sehe, dass der Koch den Mund verzieht. Der Koch grinst. Eine solche Halle sei nicht der schlechteste Ort, um unterzutauchen, sagt er. Der Chef habe dem Einwohnermeldeamt meinen Wohnort bestimmt nicht gemeldet. Ich stehe auf, stoße mich dabei am Tisch, Kaffee schwappt aus der Tasse. Ich sage, dass ich von dem Phantombild wisse, dass Clemens es mir gezeigt habe, ob er denn sicher sagen könne, dass ich die Person auf dem Bild sei, dass er doch genau hinschauen solle. Ich drehe mich um und verlasse die Kantine.

Wenn Clemens jetzt auf die Monitore schauen würde, dann könnte er mich sehen, wie ich aus dem L-förmigen Gebäude trete, wie ich den Platz überquere und zur Einfahrt gehe. Ich schaue direkt in die Kamera. Clemens würde auf einem der Monitore mein Abbild sehen, meine Abbildbeine und Abbildarme, meine Abbildkleidung, mein Abbildgesicht. Vielleicht würde er über den Abstand meiner Augen nachdenken, über die Größe meiner Nase. Vielleicht würde er beobachten, in welche Richtung ich gehe, und hoffen, dass ich ihn zu einem Ort führe, an dem eine Mütze, ein beiger Mantel mit hohem Kragen, eine Waffe und ein fünfstelliger Bargeldbetrag versteckt liegen.

Als ich die Fallenstandorte ablaufe, sehe ich, dass ein Tellereisen verschoben wurde. Es liegt nicht mehr an der Fabrikwand, sondern einen Meter weiter vorne, auf dem kleinen Kiesweg. Ich lege es zurück an seinen alten Standort. Vermutlich hat es der Koch verschoben, der nicht mehr nur den Wolf, sondern nun auch Einbrecher, Bankräuber oder verdächtige Nachtwächterinnen fangen möchte.

Es gibt Phantominseln, die auf alten Seekarten eingezeichnet sind, deren Existenz aber niemals nachgewiesen wurde. Mit Hubschraubern, Flugzeugen und Booten machten sich Forscher auf die Suche nach diesen Inseln. Und wo ein Eiland vermutet wurde, fanden sie ausschließlich Wasser. Heute wird angenommen, dass es sich um Sehtäuschungen der Kapitäne und Besatzungsmitglieder oder um Fehlberechnungen von Kartografen handeln muss, dass diese von Inseln berichteten oder sie einzeichneten, wo keine Inseln sind. Insel um Insel verschwand von den Karten, und sie verschwinden bis heute.

Ich wünsche mir, die Fabrik zu verlassen, den Wolf zu vergessen, auch Clemens. Ich wünsche mir, auf eine Insel zu gehen und weg zu sein von allem; auch vom Festland.

Ich würde zum Flughafen gehen, mir einen Flug buchen, Lose würde mich zur Maschine fahren. Er würde mir eine gute Reise wünschen und ich würde vor dem Einsteigen zu den Rädern und zum Fahrgestell blicken, Lose noch einmal zuwinken und dann im Flugzeugbauch verschwinden. Das Flugzeug würde starten und ich könnte die Stadt sehen, den Friedhof, das Fabrikgelände und Clemens als kleinen Punkt auf einer grauen Fläche. Während des Fluges würde ich immer daran denken, dass das Flugzeug ein Fahrwerk hat. Dass in einem Fahrwerk ein Mensch Platz hat. Dass Menschen in Fahrwerke steigen.

Das Flugzeug würde mich auf eine Insel bringen, auf der es keine Wölfe gibt.

Plötzlich denke ich, dass vielleicht auch Clemens großes Interesse hat, den Wolf zu fangen. Vielleicht möchte er ihn seiner Mutter bringen, damit sie ihn für das Museum präpariert.

Weder Clemens noch ich haben in der letzten Woche an der Grube weitergegraben. Ich wollte ihm nicht begegnen, nicht bei der Grube, auch sonst nicht. Sobald Clemens mit dem Fahrrad auf dem Monitor auftauchte, verließ ich den Überwachungsraum.

Jetzt klopft es an die Hallentür, und auch wenn Clemens noch nie an meine Hallentür geklopft hat, weiß ich, dass er es ist. Ich öffne.

Clemens steht sehr aufrecht vor der Tür. Ich sage nichts und warte, bis er etwas sagt.

Es war der erste Moment, es war die große Ähnlichkeit, ich war irritiert. Clemens greift in der Luft nach etwas, das dort nicht ist.

Wir müssen die eingebrochene Erde aus der Grube holen, sage ich, wir müssen eine Holzverschalung bauen. Das sollte nicht wieder passieren.

Wird es nicht, sagt Clemens.

Sie haben mir doch einmal das Foto von dieser toten Ratte gezeigt, sagt der Chef. Sie haben doch eine Kamera, könnten Sie ein Foto von mir machen? Eine Journalistin hat angefragt, sie möchte einen Artikel schreiben, über die Geschichte der Fabrik, über mich, sagt er.

Warum nicht, sage ich.

Er habe gedacht, dass es gut wäre, wenn auf dem Foto auch die Fabrik zu sehen wäre oder ein Teil der Fabrik. Darum würde es ja schließlich gehen.

Ich frage mich, ob der Chef vom Phantombild weiß, ob auch er das Bild gesehen hat, beim Einkaufen, auf der Post, in der Bank vielleicht. Ich frage mich, warum er mich nicht darauf anspricht, wenn er es gesehen hat, und schließe daraus, dass er es nicht gesehen hat.

Ich hole meine Kamera und mache Cheffotos. Der Chef vor der Lagerhalle, vor der Produktionshalle, vor dem Hintereingang der Produktionshalle, vor dem L-förmigen Gebäude. Der Chef hat immer den gleichen Gesichtsausdruck. Der Chef verschränkt die Arme hinter dem Rücken. Vielleicht denkt er, dass das seriös wirkt. Ich sage dem Chef, dass er sich ganz normal hinstellen solle, *locker*, sage ich, und *lächeln*. Ich drücke den Auslöser und denke, dass der Chef an seine Frisur denkt, an seine Haltung, daran, dass er gerade stehen sollte, dass er seinen Blick auf die Kamera richten sollte, oder daran, dass es mit großer Wahrscheinlichkeit das letzte Bild sein wird von ihm vor der Fabrik, von der Fabrik überhaupt.

Um Clemens' Hand ist ein Verband gebunden. Er habe eine Wurzel ausreißen wollen, er sei abgerutscht. Nichts Schlimmes. Scheißloch.

Der eingestürzte Bereich ist nicht mehr aufzubauen, also passen wir die Maße der Grube daran an. Sie wird nun einen halben Meter breiter werden als vom Chef geplant. Clemens klettert in die Grube. Ich lasse einen Eimer an einem Seil nach unten, Clemens füllt ihn mit der abgerutschten Erde, was mit seiner verbundenen Hand lange dauert, und ich ziehe den vollen Eimer die Erdwand entlang nach oben.

In den vergangenen Nachtschichten waren wir damit beschäftigt, Holzlatten in die richtige Länge zu schneiden und sie an der Grubenwand mit Querbalken zu befestigen. Das Zusägen der Latten war eine wohltuende Abwechslung. Die Blasen an den Händen gingen zurück, auch der Muskelkater in den Armen. Jetzt ist die Verschalung fertig und das Weitergraben hat begonnen.

Clemens nimmt mich auf dem Gepäckträger seines Fahrrads mit und lässt mich vor einem Bau- und Gartengeschäft absteigen. Ich betrete den Laden und gehe die Regale entlang auf der Suche nach einer großen Plane, da die alte voller Risse ist. Ich war schon längere Zeit in keinem Laden mehr. Zuletzt, als die Kantine wegen Urlaub geschlossen hatte. Ich schaue den anderen Einkaufenden zu, wie sie Töpfe und Pflanzen, Säcke voller Erde und Gartenwerkzeuge in ihre Einkaufswagen legen. Ich merke, dass ich im Kreis gelaufen bin, denn plötzlich stehe ich wieder vor dem Regal mit Lackfarben. Ich sehe eine Frau, die Farbrollen aus einem Karton in das Regal räumt, und frage sie, wo ich eine große Plane finden kann. Sie schaut mich an, und ich denke plötzlich an das Phantombild und frage mich, ob die Frau denken könnte, die Bankräuberin vor sich zu haben, und mich deshalb anstarrt und erst nach langem Schweigen sagt, ich solle mitkommen. Sie betritt die Gartenabteilung. Sie ist nicht für den Garten, sage ich und versuche, mit ihr Schritt zu halten. Für was ich die denn bräuchte, fragt sie, und ich mag darauf keine Antwort geben, also sage ich, dass ich sie doch für den Garten bräuchte. Also doch für den Garten, sagt sie und wirft mir einen irritierten Blick zu.

Ja, für den Garten, sie müsse einfach sehr groß sein.

Sie bleibt vor einem Regal mit Planen stehen und will etwas sagen, aber ich komme ihr zuvor und meine, dass ich jetzt alleine zurechtkommen würde, und bedanke mich.

Lose besucht mich in der Fabrik. Wir machen einen Spaziergang am Zaun entlang. Ob er die Fabrik vermisse, frage ich.

Kein bisschen. Es lässt sich an einem Flughafen besser denken. Das hat wohl mit den Flugzeugen zu tun, die scheinbar mühelos in die Luft steigen, oder damit, dass dort die Luft nicht nach Leim riecht wie in der Fabrik.

Ob er nie die Lust verspüre, in ein Flugzeug zu steigen, zu verreisen?

Ich bin schon viel gereist, sagt Lose, dass es die Möglichkeit gibt, dass ich in ein Flugzeug steigen könnte, reicht mir aus.

Wir kommen am ersten Loch im Zaun vorbei. Es ist nichts Auffälliges daran zu erkennen.

Ich möchte Lose gerne sagen, dass ich hin und wieder darüber nachdenke, mir einen Fluchtkoffer zuzulegen, wie man es aus Geschichten über gut vorbereitete Menschen kennt, die sich fürchten vor dem Ausbruch eines Feuers, eines Vulkans oder vor Erdbeben, die immer einen solchen Koffer im Flur stehen oder unter dem Bett liegen haben; darin Fotos, Briefe, Tagebücher, eine Wolldecke, Wasseraufbereitungstabletten, Energieriegel. Aber ich sage nichts, was soll ich Lose antworten, wenn er fragt, vor was ich denn flüchten wolle? Er spricht mich nicht auf das Phantombild an, vielleicht ist er der Einzige in meinem Umfeld, der keine Ähnlichkeit mit mir gesehen hat, der nicht auf die Idee gekommen ist, eine Ähnlichkeit mit mir sehen zu wollen. Vielleicht hat er das Phantombild auch gar nicht gesehen, was ich mir kaum vorstellen kann, denn am Flughafen wird es mit Sicherheit an vielen Orten aufgehängt sein, aus Angst, die Bankräuberin und ihr Komplize würden versuchen, über den Luftweg zu fliehen.

Ich sage also nichts über das Phantombild, stattdessen frage ich Lose, ob er den Koch schon gesehen habe.

Noch nicht, sagt er, und ich denke, dass es so besser ist, weil der Koch Lose bestimmt auf das Phantombild angesprochen hätte, weil für den Koch feststeht, dass zwischen mir und dem Bankraub eine Verbindung und zwischen mir und Lose eine Komplizenschaft besteht.

Auf dem weiteren Spaziergang erzählt Lose von Erika, die vor wenigen Tagen in den Himalaya aufgebrochen sei, mit einem Forschungsteam und einem Filmteam, die dort einen Film über seltene Tierarten drehen würden. Sie sei für die Technik am Hubschrauber zuständig. Sie sei sehr glücklich aufgebrochen, man habe in ihren Augen sehen können, dass sie sich nichts Besseres vorstellen könne als den Himalaya und seltene Tierarten.

Als Lose die Fabrik wieder verlässt, sehe ich den Koch vor dem Eingang zur Kantine stehen und Lose nachschauen. Dann schaut er zu mir. Und auch ich schaue ihn an, so lange, bis der Koch sich abwendet und im Gebäude verschwindet.

Der Film beginnt mit Flugaufnahmen von einer verschneiten Berglandschaft. Hubschraubergeräusche sind zu hören und eine Frauenstimme aus dem Off spricht einen Kommentar. Sie berichtet darüber, dass ein Team von sieben Forschern und Filmemachern vor einem Jahr mit der Suche nach dem Schneeleoparden begonnen habe. Da es kaum Aufnahmen dieser einzigartigen und gefährdeten Tiere in freier Wildbahn gibt, war genau das ihr Ziel. Die Forscher und Filmemacher wollten Aufnahmen aus direkter Nähe bekommen, das Leben der Tiere zeigen, ihr Verhalten dokumentieren. Dafür setzten sie einen ihrer Kameramänner mit einem Hubschrauber auf einem Felsvorsprung ab. Er hatte Nahrung und Wasser für zwei Wochen dabei und sollte auf dem Felsvorsprung ausharren und den Schneeleoparden filmen. Der Felsvorsprung war vier Quadratmeter groß und der Kameramann musste lange warten, tagelang, in der Kälte, im Wind. Als sein Team ihn nach zwei Wochen wieder abholen wollte, war der Kameramann verschwunden. Das Zelt stand noch, wenige Vorräte darin, vom Kameramann und seiner Kamera fehlte jede Spur. Der Film setzt an der Stelle ein, an der die Forscher und Filmemacher ihren Kollegen suchen. Das Gelände um den Felsvorsprung ist kaum begehbar. Das Team sucht über vier Tage lang mit dem Hubschrauber das ganze umliegende Gebiet ab, ohne Ergebnis. Die Teamleiterin gibt im Film ein Interview, in dem sie sich Vorwürfe macht und meint, dass man mehr Technik hätte zum Einsatz bringen müssen, dass man mit dem Kameramann in Funkkontakt hätte stehen müssen. Der Kameramann hätte über fünf Leuchtraketen verfügt, diese seien aber in kompletter Zahl in seinem Zelt gefunden worden.

Ich stelle mir immer wieder vor, was der Kameramann gedacht hat, während er auf dem Felsvorsprung auf den Leoparden wartete, dass er sich gewünscht hat, dass das Tier endlich in seiner Nähe auftaucht und er es filmen kann, am besten von der Seite, damit die Musterung des Fells gut zur Geltung kommt, und am besten mit ihm zugewandtem Gesicht. Doch der Leopard tauchte nicht auf, und der Kameramann ist auf den vier Quadratmetern im Kreis gegangen wie ein gefangenes Tier. Um sich das Warten zu erleichtern, hat er sich selber gefilmt, hat in die Kamera geschaut und in die Kamera gesprochen, hat vom Warten erzählt, von der Kälte, von seiner Angst, den Felsen nicht mehr lebend zu verlassen, davon, dass er sich davor fürchtet, dass seine Kollegen ihn vergessen haben könnten oder vergessen haben könnten, an welcher Stelle sie ihn ausgesetzt hatten. Der Kameramann wäre auf den Aufnahmen in dicke Kleider eingepackt zu sehen, mit Mütze und Schal, im Hintergrund

Berge und Bergspitzen. Ich stelle mir vor, dass dann eines Tages der Leopard doch auftauchte, dass der Kameramann aber zu langsam war und nicht einmal mehr die Schwanzspitze des Leoparden filmen konnte, dass er dann geschrien hat, lange und laut, und dass ihn keiner hörte, vielleicht der Leopard von Weitem. Die Felsen warfen sein Rufen zurück, was kein Trost für ihn war, im Gegenteil.

Einige seiner Kollegen denken, dass er vom Felsen gestürzt ist, aus Verzweiflung, weil er verrückt geworden ist, andere denken, dass er vom Schneeleoparden gefressen worden ist. Dritte glauben nicht, dass es dort oben jemals einen Kameramann gegeben hat.

Wir sind so weit mit der Grube vorangekommen, dass wir, während wir graben, nicht mehr über den Grubenrand blicken können. Ich stelle mir des Öfteren vor, dass ein Wolf in die Grube stürzt, während ich am Graben bin. Der Wolf wäre vom Sturz und der Enge hier unten so wild, dass er mich angreifen würde. Ich versuche mir vorzustellen, wie ich aus der Grube flüchten könnte, und frage mich, ob ein Wolf fähig ist, eine Leiter hochzuklettern.

Der Chef gibt noch nicht auf. Er hat weitere Zettel an verschiedenen Stellen der Gebäude angebracht. Neuerdings ist darauf auch ein Wolf abgebildet. Der Wolf hat nun auch ein Phantombild. Darunter steht: Es wurde ein Wolf auf dem Fabrikgelände gesichtet, auch wurden Risse und Haare von ihm gefunden. Die Tiere suchen nach Nahrung und scheuen die Nähe der Menschen nicht. Falls Sie einen Wolf sichten, bitten wir Sie, uns dies umgehend zu melden.

Das Phantombild des Wolfes zeigt einen beliebigen Wolf. Der gesuchte Wolf wird dem Wolf auf dem Bild wohl ähnlich sehen; vielleicht wird er größere Ohren haben, ein helleres Fell oder ein dunkleres, kürzere Beine. Der Wolf wird nicht gefürchtet, weil er in Containern wühlt und fressen will, sondern weil er eine Grenze überschritten hat. Er hat sein Umfeld verlassen und die Fabrik betreten. Das scheint Grund genug.

Auf dem Bildschirm sehe ich den Koch mit einem Gewehr über den Hof gehen. Er verschwindet im Dunkeln. Ich verlasse den Überwachungsraum und gehe ihm nach.

He, sage ich ins Dunkle. Leuchte mit meiner Taschenlampe und erwische mit dem Lichtstrahl ein Bein des Kochs.

Was wird das, zischt der Koch, lass das.

Was machst du da? Gehst du jetzt auch unter die Nachtwächter? Woher hast du ein Gewehr?

Mein Vetter Jürgen, Jäger. Geh wieder an deine Arbeit.

Das ist meine Arbeit, sage ich und leuchte dem Koch ins Gesicht.

Hat dich der Chef geschickt, frage ich. Der Koch kommt auf mich zu.

Jemand muss ja, sagt er laut.

Was, wenn ich dir vor die Flinte gelaufen wäre, was, wenn Clemens beim Schichtwechsel mit dem Fahrrad kommt und du hältst ihn für den Wolf und peng und fertig, sage ich.

Für wie bescheuert hältst du mich. Macht das doch alleine. Der Koch flucht und geht mit dem Gewehr zu seinem Auto. Ich höre den Motor starten, dann sehe ich Lichter, dann wieder nur den Strahl meiner Taschenlampe, der einen Grasfleck erhellt.

Während wir den Holzdeckel zusammennageln, erzähle ich Clemens von meiner Begegnung mit dem Koch.

Vielleicht denkt der Koch, dass die Fabrik zu retten ist, wenn er den toten Wolf vor die Bürotür des Chefs legt, sage ich.

Oder er ist scharf aufs Fell oder aufs Fleisch; wer weiß, was der Koch gerne kocht. Clemens reicht mir einen Nagel. Ich schlage zu und denke, dass der Chef den Koch vielleicht bezahlt, damit er mit dem Gewehr an den Hallen vorbei und um die Container schleicht.

Ich bemerke, dass jemand in meiner Halle war, weil das Universal-General-Lexikon umgekippt ist, weil das Leinentuch meines Bettes, das gewöhnlich unter der Matratze klemmt, an einer Stelle heraushängt, weil das Phantombild in einem steileren Winkel zur Tischkante liegt, weil man das spürt, wenn jemand in einem Raum war, weil die Person etwas von sich zurücklässt, den Duft, die anders durchmischte Luft, und ich meine, dass auf dem Bett, dem Tisch, selbst auf den Hallenwänden ein fremder Blick haftet, den man spüren kann.

Clemens traue ich nicht zu, dass er in meiner Halle herumschnüffelt und nach Dingen sucht, nach einer Pistole, nach Bargeld, einer Mütze oder einem beigen Mantel mit hohem Kragen. Der Chef kann es auch nicht gewesen sein, weil er mehr Spuren hinterlassen hätte. Als ich ihm half, den neuen Kopierer in sein Büro zu tragen, und er mir seinen alten mitgab, ist bei jedem seiner Schritte entweder ein Blatt zu Boden gesegelt oder ein Stuhl verschoben worden. Viel eher glaube ich, dass der Koch hier war, aus freien Stücken oder weil er auch hierfür Geld vom Chef bekommen hat.

Es gibt eine Insel, auf der vor vielen Jahrhunderten ein Hahn zum Tode verurteilt wurde. Sein Verbrechen bestand im Legen eines Eis. Das war gegen die Natur und darum gesetzeswidrig. Auch fürchteten sich die Insulaner vor den Basilisken, drachenähnlichen Wesen, die aus Hahneneiern schlüpfen, deren Blicke versteinern und deren giftiger Atem tödlich ist. Der Hahn, der das Ei legte, wurde bestraft. Ihm wurde der Kopf vom Körper abgetrennt. Er ist noch einmal aufgeflattert, ist noch wenige Schritte gegangen und hat dann noch gezuckt. Den toten Hahn und das Ei warf man ins Meer.

Es ist gut möglich, dass der Koch in der Stadt nach Zeugen des Bankraubs sucht. Einer müsse ja, wenn die Polizei nichts mache, würde er sagen und vielleicht eine Frau finden, die direkt, direkter geht nicht, hinter der Bankräuberin gestanden hätte.

Braune Haare, würde die Zeugin vielleicht sagen, sie meine sich mit großer Klarheit an braune Haare, hellbraune mit einem rötlichen Schimmer, zu erinnern. Der Koch wäre über die Formulierung vielleicht erstaunt und würde denken, dass *etwas mit großer Klarheit zu meinen* so viel heißt wie *keine Ahnung zu haben*.

Die Zeugin würde hinzufügen, dass sie sich ihrer Beobachtungen sicher sei. Der Koch würde nach der Statur der Bankräuberin fragen. Daraufhin würde die Zeugin den Mantel mit hohem Kragen erwähnen, der es nicht zugelassen habe, auf die Statur der Bankräuberin zu schließen, auch wenn sie ganz dicht dran gewesen sei, in der Gefahrenzone gewissermaßen, in der Schusslinie, sie dürfe gar nicht daran denken, würde sie sagen.

Der Koch würde die Zeugin nach der Stimme der Bankräuberin fragen, woraufhin die Zeugin vielleicht sagen würde, dass sie nichts gehört habe, dass sie sich in einer Schockstarre befunden habe und sich nicht mehr an die Stimme erinnern könne oder daran, ob die Bankräuberin überhaupt gesprochen habe. Aber daran erinnere sie sich, würde sie vielleicht sagen, dass sie zu Beginn nicht an einen Bankraub gedacht habe, dass sie das erst bemerkt habe, als die Frau die Waffe gezogen habe, als Schreie zu hören gewesen seien, als Panik ausgebrochen sei, nur kurz, und sich dann alle auf den Boden gelegt hätten, dass sie den kalten Boden an ihrer Wange gefühlt und gewartet habe, lange, und dann irgendwann den Blick gehoben habe und da sei auch schon die Polizei gekommen.

Vielleicht ist der Koch nach seinem Jagdausflug auf dem Fabrikgelände der Meinung, dass es einfacher sei, eine Bankräuberin zu fangen als einen Wolf, vielleicht will er das Geld, den fünfstelligen Bargeldbetrag. Dabei stellt er sich vielleicht einen Strand vor und sich selber an diesem Strand, Kokosmilch aus einer Kokosnuss trinkend, eine Mücke auf seinem Arm zerschlagend, verbrannte Haut, aber so, dass es nach Sonne aussieht und nicht nach Schmerzen. Er sieht sich in einem Restaurant, in einer großen Küche, und die Leute in der Küche würden ihn mit Chef ansprechen, und er wäre sehr freundlich zu allen, aber bestimmt, und er hätte im Hinterzimmer der Küche ein Küchenlabor, und dort würde er Rezepte ausprobieren, Rezepte vom Feinsten und für das All. Er sieht sich in einem Astronautenanzug. Er sieht sich weit weg von der Erde und die Erde als blauen Punkt und strahlend, und er sieht sich im Fernsehen, und die Fernsehstimme würde vom ersten Koch im All berichten, und er würde gut aussehen, größer irgendwie und wichtig, sein Gesichtsausdruck wäre ernst, aber auch humorvoll um den Mund, und man würde von diesem Gesicht ablesen können, dass er ein glücklicher Astronaut ist, ohne Angst vor der Schwerelosigkeit oder vor der kosmischen Strahlung, vor der Enge im Raumschiff oder dem Verlorengehen im All, und man würde anhand seines Gesichtsausdruckes wissen, dass kein Besserer hätte ins All geschickt werden können als der Koch. Und der Koch sieht sich im Fernsehen, wie er winkt. Wie auch seine Hand wichtiger und größer erscheint auf dem Bildschirm, und er sieht eine Menschenmenge vor sich, die zurückwinkt.

Ich betrachte noch einmal das Phantombild, das etwas mit mir zu tun haben soll. Mein Gesicht und das abgebildete Gesicht sind nicht deckungsgleich. Mein Mund ist breiter, meine Nase kürzer. *Da sind schon Ähnlichkeiten, der Mund, die Nase, findest du nicht?* Ich suche die Ähnlichkeiten. Die Augen, vielleicht; der Abstand der Augen, die Ohren, das Kinn.

Es besteht die Möglichkeit, dass Fäuste an meine Hallentür schlagen. Es besteht die Möglichkeit, dass sie mich fragen, warum ich in dieser Halle lebe, ob ich etwas zu verbergen habe.

Die letzten vier Tage hat es geregnet. Wasser hat sich am Grubengrund gesammelt, trotz der neuen Plane. Weiterzugraben ist heute unmöglich; zu matschig, zu rutschig. Ich schaue nach unten und schätze, dass wir ungefähr drei Viertel der Tiefe erreicht haben, als ich eine Bewegung hinter mir wahrnehme. Ich drehe mich um und erschrecke so sehr, dass ich aufschreie. Es dauert einen kurzen Moment, bis ich realisiere, dass die Person unter dem Regenschirm, die mein Aufschrei zusammenzucken ließ, der Chef ist.

Was machen Sie hier?

Ich habe etwas im Büro vergessen und bin zurückgekommen, da habe ich Licht bei der Grube gesehen.

Es ist zwei Uhr morgens.

Der Chef zuckt mit den Schultern.

Kontrollieren Sie meine Arbeit?

Keineswegs, sagt er, wie kommen Sie voran?

Sehen Sie ja, der Regen.

Ja, das dauert, sagt der Chef, ich wollte Sie nicht erschrecken.

Er geht Richtung Fabrikgebäude und ich bleibe an der Grube zurück. Nach einigen Minuten sehe ich, wie sich die Rücklichter seines Autos langsam von der Fabrik entfernen.

Der Chef hat die Fabrik verkauft, sagt Clemens, es ist so weit.

Woher er das wisse, frage ich, ob der Chef ihm das gesagt habe.

Clemens sagt, dass ich mitkommen solle, und ich folge ihm in den Überwachungsraum. Dort setzt er sich vor einen der Monitore und spult die Aufnahmen zurück. Zwei Autos fahren kurze Zeit nacheinander rückwärts auf den Parkplatz, dann laufen zwei Menschen rückwärts vom Parkplatz Richtung Fabrik. Eine Zeit lang passiert nichts. Dann laufen zwei Personen rückwärts ins Bild bis zu den Autos und eines davon fährt rückwärts weg. Eine Person bleibt stehen. Ich erkenne, dass es der Chef ist.

Clemens stoppt und drückt auf play.

Der Chef steht bei der Ausfahrt. Nach zwei Minuten und sechsunddreißig Sekunden erscheint ein graues Auto im Bild. Es hält und eine Frau steigt aus. Ich habe sie auf dem Gelände noch nie gesehen. Sie trägt eine blaue Bluse und einen beigen Mantel, die Haare hat sie zu einer komplizierten Frisur hochgesteckt. Unter dem Arm trägt sie eine Ledermappe. Der Chef geht ihr entgegen und sie schütteln sich die Hand, distanziert, wie mir scheint. Sie sprechen etwa eine Minute miteinander, dann gehen sie auf das Fabrikgebäude zu. Der Chef zeigt auf das L-förmige Gebäude, die Frau nickt. Ich versuche von ihren Lippen abzulesen, worüber sie sprechen. Dann verschwinden sie aus dem Bild. Clemens spult die Aufnahme ein Stück vorwärts, bis die beiden wieder im Bild auftauchen. Die Frau steigt ins Auto und der Chef hebt die Hand, bleibt stehen und schaut dem Auto nach, zwei Minuten lang. Dann dreht er sich um, kickt einen Stein weg, und Clemens stoppt die Aufnahme genau in dem Moment, in dem der Chef wieder beide Beine auf dem Boden hat.

Woher er wissen wolle, dass die Frau die Fabrik gekauft habe, sie könne genauso gut eine Bekannte des Chefs sein, die die Fabrik einmal sehen wollte, bevor sie schließt.

Zu distanziert für eine Bekannte. Aber vor allem wegen der Ledermappe. Als die beiden die Fabrik wieder verlassen, hat der Chef die Mappe und nicht mehr die Frau.

Das muss nichts heißen, sage ich und füge hinzu, dass anhand einer Ledermappe ein Fabrikverkauf nicht bewiesen werden könne und dass wir ja alle wüssten, dass es nicht mehr lange gehe.

Ich sitze in der Halle an meinem Tisch und zeichne Rechtecke auf ein Papier. Ich versuche mich an die Formel des Goldenen Schnitts zu erinnern. Als ich aufstehen will, um im Universal-General-Lexikon nachzuschauen, sehe ich ihn. Er sitzt in der Hallenecke vor der Fensterfront. Da ist der Wolf. Mein Nacken versteift sich, meine Faust umklammert den Stift. Da ist der Wolf. Ruhig bleiben, ruhig sitzen bleiben, nicht bewegen, man darf sich in solch einer Situation nicht bewegen, man muss ruhig bleiben und die Fassung bewahren, klar denken, nicht bewegen, seine Augen sind gelb, nicht in seine Augen schauen, abwarten. Der Wolf sitzt unverändert da. Er schaut an mir vorbei, schaut irgendwohin, nicht auf mich, irgendwo hinter mich. Der Wolf scheint mich nicht zu bemerken, oder er interessiert sich nicht für mich oder noch nicht. Ich merke, dass ich schwitze, dass ich friere, dass ich zittere. Nicht zittern, ruhig bleiben. Mein Herz rast. Das Fell auf seinem Rücken und Schwanz ist dunkelgrau; am Bauch, an den Beinen und im Gesicht ist das Fell heller, beinahe beige. Die Augen liegen leicht schräg an seinem Kopf, der im Vergleich zu seinem Körper groß wirkt. Sein Maul ist leicht geöffnet, er hechelt, seine Zähne sind sichtbar. Ich lockere meinen Griff, lege den Stift auf die Tischplatte und meine Hand daneben. Der Wolf scheint die Bewegung nicht wahrzunehmen. Ich überlege mir, was weiter zu tun ist. Ich könnte langsam vom Stuhl aufstehen und schauen, wie der Wolf reagiert. Ich könnte um Hilfe schreien, aber Clemens ist nicht im Überwachungsraum und sonst ist wohl auch niemand im Gebäude. Ich könnte sitzen bleiben und warten.

Ich frage mich, wie der Wolf in meine Halle gekommen ist, ob ich die Tür offen gelassen habe, ob es außer der Tür noch andere Zugänge gibt, die ich bis jetzt noch nicht entdeckt habe. Ich sitze immer noch unverändert am Tisch, meine Beine sind übereinandergeschlagen. Das linke Bein beginnt zu kribbeln. Ich ziehe die Zehen leicht hoch, da steht der Wolf plötzlich auf, geht zur Wand und schnuppert an der Ritze zwischen Wand und Boden. Das Kribbeln in meinem Bein wird stärker. Der Wolf setzt sich wieder hin, auf den Hallenboden, und scheint mich weiterhin nicht zu beachten. Das Kribbeln ist nicht mehr auszuhalten. Ich hebe das rechte Bein und stelle es neben das linke auf den Boden. Er schaut nicht her. Ich stütze meine Arme auf die

Stuhllehne, stehe auf und schiebe den Stuhl leise zurück. Der Wolf dreht seinen Kopf in meine Richtung. Ich gehe rückwärts, Schritt für Schritt, am Stuhl vorbei zur Hallentür. Ich erinnere mich daran, dass Clemens gesagt hat, dass ich laut sein müsse, dass ich klatschen müsse, laut rufen. Ich erinnere mich, dass ich, wenn der Wolf mich angreift, mit dem Wolf kämpfen muss. Aber die Situation scheint mir nicht dazu geeignet, jetzt in die Hände zu klatschen und zu schreien. Der Wolf hat keine Möglichkeit, den Rückzug anzutreten. Während der Wolf seine Hinterbeine streckt, erreiche ich die Hallentür, drücke die Klinke, und kaum bin ich draußen, renne ich die Treppe hinunter, aus dem Gebäude hinaus.

Der Koch stellt ein Bier vor mich auf den Tresen. Ich schaue in das Gelb und denke an die Augen des Wolfes. Was, wenn der Wolf Tollwut hat, was, wenn er mich angreift? Ich habe mich nicht so verhalten, wie Clemens es mir geraten hat. Ich habe nicht laut geredet, nicht in die Hände geklatscht, auch nicht gesungen. Ich habe mich nicht groß gemacht, und anstatt auf ihn zuzugehen, bin ich aus der Halle geflüchtet. Ich war so feige wie der Koch, den ich jetzt in der Küche ein Lied pfeifen höre, der, seit er das Phantombild gesehen hat, nicht mehr viel mit mir redet, der mir aber immerhin noch ein Bier bringt, wenn ich ein Bier bestelle, der mir Essen auf den Teller schöpft, wenn ich danach frage, der mir aber nichts mehr über sich oder das All erzählt.

Ich versuche mich zu erinnern, ob ich die Tür offen gelassen oder ob ich sie hinter mir zugezogen habe. Ich frage mich, ob der Wolf immer noch in der Halle sitzt. Ich hätte mit meiner Kamera ein Foto von ihm machen können. Ich hätte ihn einsperren können. Ich hätte den Chef, den Koch und Clemens rufen und den Wolf an sie ausliefern können. Meine Hände zittern noch immer, als ich das Glas hebe und einen Schluck daraus trinke. Was würde mit dem Wolf passieren, wenn ich ihn gefangen hätte? Man würde ihn in ein Wildgehege bringen. Noch eher würde man ihn erschießen. Vielleicht hat der Wolf irgendwo seine Welpen, die dann verhungern.

Ich werde den Wolf für mich behalten. Ich werde ihn in der Halle bleiben lassen, wenn er dort bleiben will. Ich werde ihn in Ruhe lassen, solange er mich in Ruhe lässt. Ich werde weiterhin das Fabrikgelände überwachen, weiterhin das Loch ausgraben.

Ich stehe vor meiner Hallentür und drücke die Klinke. Vorsichtig spähe ich hinein. Der Wolf ist nirgends zu sehen. Fast bin ich enttäuscht. Ich lege mich ins Bett und lese. Ich kann mich nicht auf die Zeilen und deren Sinn konzentrieren. Ich gebe auf, klappe das Buch zu und will zum Waschbecken gehen, als ich ihn erneut sehe. Er liegt nicht unweit der Stelle vom Vortag an der Fensterfront. Sein Fell erscheint mir heller als am Vortag, auch meine ich einen anderen Ausdruck in seinem Gesicht zu erkennen. Ich lasse mich auf die Matratze zurücksinken. Er scheint größer zu sein als der Wolf von gestern. Ich frage mich, ob es am Licht liegt, dass ich meine, einen anderen Wolf in der Halle zu haben. Auch dieses Mal scheint er sich nicht für mich zu interessieren. Zwar dreht er den Kopf gelegentlich in meine Richtung, aber weder reagiert er auf das Heben und Senken meines Arms noch auf das Auf- und Zuschlagen des Buches.

Draußen wird ein Loch gegraben, sage ich. Clemens und ich graben ein Loch. Wir sollten es eigentlich für Wölfe graben, aber wir graben es eher, weil der Chef es will und weil sonst nicht viel los ist.

Aus den Augenwinkeln sehe ich, dass der Wolf seinen Kopf auf seine rechte Vorderpfote legt.

Ich setze mich auf die Bettkante, der Wolf hebt den Kopf. Ich stehe auf.

Das Loch wird tief werden, drei Meter, sage ich, zwei Meter fünfzig breit und drei Meter lang. Der Wolf schaut an mir vorbei.

Es wird eine Falltür darüberliegen, sage ich und beginne in Richtung des Waschbeckens zu gehen. Nach einer gewissen Wegstrecke kann ich den Wolf nicht mehr aus den Augenwinkeln beobachten, der Winkel ist zu flach geworden. Ich beschließe, ihm den Rücken zuzukehren, und mache weitere drei Schritte, dann kann ich den Wolf im Spiegel über dem Waschbecken hinter mir liegen sehen. Ich erzähle dem Wolf von den Inseln, den Skiapoden, dem Leuchtturmmann, von Heimkehrern und Entdeckern, vom Mann, der vom Himmel fiel. Ich erzähle dem Wolf vom All und von der Schwerelosigkeit. Dann irgendwann drehe ich den Wasserhahn auf und wasche meine Hände. Als ich wieder in den Spiegel schaue, liegt der Wolf nicht mehr an seinem Platz. Ich drehe mich um, schaue zur Tür, suche die Hallenecken ab. Den Wolf kann ich nirgends mehr sehen.

Ich lasse des Öfteren das Licht bei der Grube brennen, so dass der Wolf merkt, dass dort ein Loch ist. Auch lege ich manchmal einen Ast in eines der Tellereisen und lasse es zuschnappen. Clemens entfernt dann die Äste und spannt die Eisen wieder auf. Ich erzähle ihm nicht vom Wolf. Vielleicht ist er doch mehr Nachtwächter, als ich denke, und erzählt dem Chef davon oder noch schlimmer dem Koch.

Vielleicht hätte Clemens auch Verständnis für einen Wolf in meiner Halle. Aber sicher ist das nicht.

Es ist kein angenehmes Gefühl, einen Wolf im selben Raum zu wissen. Wenn er am Morgen nach meiner Schicht dort ist, bleibe ich so lange wach, bis er verschwindet. Ich möchte die Möglichkeit haben, mit dem Wolf zu kämpfen.

WOLF: Der Wolf ist jetzt in meiner Halle.

Clemens fragt mich, ob ich morgen mit ihm in die Stadt kommen wolle, im Kino laufe ein guter Film, wir könnten vor seiner Schicht gehen, es würde sich bestimmt lohnen.
 Lieber nicht, sage ich und denke an den Wolf in meiner Halle, und Clemens meint, dass ich doch mal rauskommen müsse, dass ich doch nicht immer auf dem Fabrikgelände sein könne, dass das ungesund sei, dass ich doch mal Abwechslung bräuchte.
 Ich sage, dass ich genügend Abwechslung und gerade keine große Lust hätte, einen Film zu sehen, er werde sicher jemand anderen finden, der mit ihm ins Kino gehe.
 Clemens spricht zuerst leise, dann wird er immer lauter. Warum ich ihm aus dem Weg gehen würde, er habe sich entschuldigt für die Sache mit dem Phantombild, mehr könne er nicht tun, ob er mir egal sei, ob mir alles egal sei, ob ich überhaupt noch Interesse an irgendetwas hätte, ob ich mir beispielsweise Gedanken über die Fabrikschließung machen würde, ich würde schließlich auch meinen Job verlieren, ich würde der Wellkartonanlage gleichen, die stur ihre Aufträge abarbeite, oder noch mehr den Kartonkisten selbst, die bloß verpacken und sich nicht fragen würden, was sie verpacken.

Er wirft seine Zeitung vor mir auf den Tisch. Sie klatscht auf die Tischplatte und fegt andere Blätter auf den Boden. Dann verlässt er türschlagend den Überwachungsraum. Ich schaue auf die Monitore und sehe ihn mit dem Fahrrad davonfahren. Ich hätte ihm gerne gesagt, dass es stimmt, dass ich ihm aus dem Weg gehe, aber nicht, weil ich keine Zeit mit ihm verbringen will, sondern weil der Wolf jetzt in meiner Halle und das Abwechslung genug ist.

Clemens kommt zwanzig Minuten zu spät.

Die Fahrradkette ist mir herausgesprungen, er hebt seine schmutzigen Hände hoch. Etwas Neues vom Wolf?

Nein, nichts.

Das von gestern, das mit der Wellkartonanlage, das tut mir leid. Ich war wütend, gar nicht so sehr auf dich, mehr auf den Chef, auf die Schließung, darauf, dass ich mir einen neuen Job suchen muss, darauf, dass ich –

Schon gut, falle ich ihm ins Wort. Das ist auch wirklich keine angenehme Situation. Wie war der Film?

Später stehe ich an der Fensterfront. Von hier aus ist unsere kleine Grabungsstätte gut sichtbar. Ich stelle mir vor, dass Clemens an der Stelle weitergräbt, an der ich vor wenigen Stunden aufgehört habe zu graben. Ich stelle mir vor, wie er im Scheinwerferlicht in gleichmäßigem Rhythmus die Schaufel in die Erde schlägt, sie hochhebt, die Erde auf den Haufen wirft.

Ich frage mich, ob unsere Spatenstiche von irgendwelchen Seismografen irgendwo auf der Welt aufgezeichnet werden. Ich frage mich, ob wir etwas beitragen zum Brummen der Erde.

Clemens klettert aus der Grube. Er wischt sich mit dem

Ärmel über das Gesicht, er schaut in meine Richtung. Ich winke ihm nicht zu, er kann mich ohnehin nicht sehen, ich stehe im Dunkeln.

Der Chef schaut sich die Fotos nacheinander lange an.

Ich habe ja immer die Arme hinter dem Rücken.

Auf allen Bildern ist er zu sehen: die Mundwinkel leicht nach oben gezogen, ein Dreitagebart, hinter ihm die Fabrik. Bei einem Bild hält er inne und tippt mit dem Finger darauf.

Diese Halle wurde erst viel später dazugebaut, sagt er. Damals ging es der Fabrik noch gut, damals kamen wir mit der Produktion kaum nach, wir mussten vergrößern, wir bauten diese Halle, wir erweiterten die Produktion, Lastwagen fuhren hier im Zweistundentakt ein und aus. Der Chef zeigt auf die Einfahrt, die leicht verschwommen auf dem Foto zu sehen ist.

Wir produzierten Spezialverpackungen für Parfümflaschen, Pralinen, Uhren, sagt er. Die Fabrik hat geblüht, floriert hat sie. Damals haben wir uns viel versprochen. Damals wäre kein Wolf ungeschoren davongekommen.

Ich habe den Chef mit den vielen abgebildeten Chefs – dem Chef vor der Lagerhalle, vor der Produktionshalle, vor dem Hintereingang der Produktionshalle, vor dem L-förmigen Gebäude – in seinem Büro zurückgelassen. Wenn die Fabrik in einigen Wochen schließt, wird auch der Chef ein Umfeld zu verlassen haben. Seine Aussicht aus dem Fenster wird sich ändern, das Bauen von Fallen wird dann eingestellt.

Wenn die Fabrik schließt, werde auch ich erneut mein Umfeld verlassen. Bald werden die Maschinen abgestellt, die Produktion wird eingestellt. Vielleicht kennt der Chef das Datum bereits, vielleicht ist der Tag der Schließung in seiner Agenda rot markiert.

Die Bilder werden bezeugen, dass da die Fabrik war und der Chef, dass da die Fallen waren und dass da die Angst war vor dem Wolf. Auch wenn ich selber auf den Bildern nicht zu sehen bin, auch wenn ich im Verborgenen bleibe, bezeugen die Bilder dennoch, dass auch ich da war, oder zumindest, dass da jemand gewesen sein muss, der auf den Auslöser drückte. Auch meine Notizen im Universal-General-Lexikon berichten darüber. Sie sind eine mögliche Version. Die Memoiren des Chefs sind eine andere. Vielleicht wird jemand eine sozialgeschichtliche Dokumentation über die Fabrik drehen und es wird dem Regisseur so gehen wie den Bildhauern mit den Elefanten, er wird nur Erzählungen haben, meine Notizen, die Memoiren des Chefs, der Rest ist Erfindung, ist das Weiterführen der Wirklichkeit.

Clemens kommt zur Grabungsstätte. Ich stecke den Spaten in den Erdhaufen und schaue zu ihm hoch. Ich stehe weit über zwei Meter tief im Loch. Ich klettere die schmale Leiter hoch, stelle meinen Fuß auf die matschige Böschung und rutsche ab. Meine Hände finden keinen guten Halt.

Nächste Woche soll es wieder regnen, sagt Clemens. Er zieht den Reißverschluss seiner Jacke bis oben zu.

Wir sollten uns eine längere Leiter kaufen.

Ein paar Steine kullern in die Grube. Clemens steigt hinunter. Ich bleibe stehen und möchte eigentlich noch irgendetwas sagen, über die Beschaffenheit der Erdschicht, in die Clemens den Spaten sticht, darüber, dass ein Wolf in meiner Halle sitzt. Darüber, was nach der Fabrik sein wird.

Hätte Clemens noch einmal zu mir geschaut, dann hätte ich vielleicht etwas gesagt.

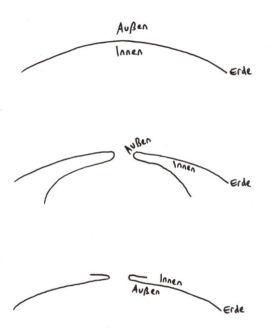

Der Wolf sitzt neben meinem Bett. Ich versuche, mich so zu verhalten, wie ich mich immer verhalte. Dennoch kann ich nicht verhindern, dass ich des Öfteren zu ihm hinschaue. Wieder meine ich, gewisse Veränderungen an ihm festzustellen. Die Schnauze ist spitzer, der Kopf im Verhältnis zum Körper kleiner als bei den vorherigen Wölfen. Ich frage mich, ob ich es mit einem ganzen Rudel zu tun habe, wie groß das Rudel sein kann, wie viele verschiedene Wölfe meine Halle aufsuchen, ob sie einmal alle gleichzeitig auftauchen werden.

Der Wolf sitzt, mit geöffnetem Maul. Ich kann seine Zunge sehen, seine Zähne.

Ich denke an die Sage von Romulus und Remus und der Wölfin, die sie säugte, die sie am Leben erhielt und beschützte. Ich denke an die sieben Geißlein, an die kreidehelle Stimme des Wolfes, an seinen Hunger, an Rotkäppchen und seine Großmutter, an das Innere des Wolfes, seinen vollen Magen. Ich denke an den aufgeschlitzten Bauch des Wolfes, an die daraus hervorspringenden Geißlein, Rotkäppchen und Großmütter, an die vielen Steine, die dem Wolf in den Bauch gelegt werden, an die Nadel und den Faden, mit denen der Wolfsbauch zugenäht wird, an den tiefen Brunnen, an das Heulen des Wolfes.

Ich richte mich auf. Seine Ohren zucken. Ich kann die langen weißen Haare auf seiner Schnauze erkennen, die Fellmusterung um seine Augen und auf seiner Stirn. Sein Kopf, sein schlanker, kräftiger Rücken, seine Vorder- und Hinterbeine, sein Schwanz, seine Pfoten, die Krallen an seinen Pfoten. Ich überlege, ob ich ihn anfassen soll, ob er es zulassen würde, ob ich den Mut dazu hätte. Der Wolf hat nichts Bedrohliches an sich. Ich muss wieder an die Geißlein, Rotkäppchen und Großmütter denken. Ich fasse den Wolf nicht an.

Ich zoome den Wolf heran, stelle scharf und drücke ab. Ein feines Blitzlicht erhellt den Raum, der Wolf zuckt kurz zusammen, dann dreht er den Kopf und gähnt. Ich lege die Kamera auf den Tisch und bin erleichtert darüber, zu wissen, dass ich den Wolf jederzeit auf meiner Kamera anschauen kann, dass ich die Kamera jederzeit an den Kopierer anschließen und das Bild vom Wolf ausdrucken kann und darauf nicht irgendein Wolf zu sehen sein wird, sondern genau dieser Wolf, und dass ich das Bild jederzeit Clemens zeigen könnte und dass wir dann wirklich anders auf die Monitore schauen, vielleicht ganz damit aufhören würden.

Für meine Hallentür könnte ich ein großes Vorhängeschloss besorgen, eines aus Stahl, ein festes, dickes. Keiner könnte dann in meinen Sachen stöbern. Auch wäre der Wolf in Sicherheit, vor dem Gewehr des Kochs, vor den Fallen des Chefs. Aber wahrscheinlich wäre es zu auffällig. Wahrscheinlich würde der Koch sich in seinem Verdacht bestärkt fühlen, dass ich etwas zu verbergen habe. Vielleicht würde auch Clemens wieder misstrauisch werden, jetzt, wo ich das Gefühl habe, dass er nicht mehr glaubt, dass ich die Bankräuberin bin oder etwas mit dem Bankraub zu tun habe.

Das Festland ist nicht fest, das Festland bewegt sich, weil die Erdplatten sich bewegen, weil die Erde selbst ihr Inneres nach außen kehrt, ihr Äußeres nach innen. Sie spuckt Lava aus ihrem Leib, sie knabbert an Küsten, verschluckt ganze Inseln.

Vielleicht steht die Fabrik auf porösem Boden. Vielleicht ist das ein Grund für ihre Schließung. Vielleicht liegt unter der Fabrik ein großer Hohlraum und morgen oder schon heute, wenn ich im Bett liege, gibt der Boden unter mir nach und ich falle mitsamt den Fabrikmauern in die Erde. Vielleicht weiß der Chef oder der Koch um den Zustand des Bodens unter der Halle. Vielleicht warten sie auf den Einsturz.

Ich frage mich, ob auch für mich Fallen bereitstehen. Und wenn ja, wie diese Fallen aussehen und ob ich sie als Fallen erkennen kann.

Clemens ruft, dass er es sei, ob er hereinkommen könne. Ich blicke zum Wolf und zögere. Er klopft erneut an die Tür.

Ja, komm rein.

Es hat zu regnen begonnen, ob ich ihm helfen könne, die Plane über die Grube zu spannen, fragt Clemens.

Ja sicher, sage ich. Ich zieh nur schnell Mantel und Stiefel an.

Der Wolf legt sich auf die Seite.

Clemens tritt ans Fenster.

Von hier aus kann man die Fallgrube sehen, sagt er.

Ja, sage ich und sehe den Wolf, wie er reglos nur wenige Meter von Clemens entfernt in der Hallenecke liegt.

Clemens geht weiter und betrachtet die Bilder an der Hallenwand.

Ikarus, sagt er. Und was ist das?

Ein siamesischer Hund, sage ich und sehe, dass der Wolf aufsteht. Er geht hinter Clemens durch den Raum. Er geht zur Tür, hinaus in den Flur.

Draußen ist ein lauter Donner zu hören, der die Fensterscheiben zum Klirren bringt.

Wir sollten die Plane aufspannen, sage ich.

Wir gehen aus der Halle. Ich lasse die Tür einen Spaltbreit offen.

Regen schlägt an die Fensterfront. Draußen ist es dunkel. Ich sehe verschwommen, wie die Laternen im Wind schwanken, wie sie ihre Lichtkegel die Fabrikfassaden hoch- und runterwerfen. Ich lausche dem Rauschen, dem Schlagen der Tropfen an die Scheiben. Ich versuche weitere Geräusche zu hören: die des Windes an den Fassaden, die des Regens auf der Plane, die des Sickerns von Wasser in die Grube.

Wenn der Chef zum letzten Mal die Fabrik verlassen wird, wird sich das nicht von den anderen Malen unterscheiden, die ich ihn über die Monitore zu seinem Wagen laufen sah, den Autoschlüssel bereits in der Hand. Die Verriegelung wird sich mit einem Aufblinken der Lichter öffnen und der Chef wird einsteigen, zuerst eine leichte Rückwärtskurve und dann vom Gelände auf den Schotterweg und weiter auf die Landstraße fahren. Vielleicht wird der Chef beim letzten Mal länger in den Rückspiegel schauen, weil der Blick in den Rückspiegel das Verlassen eines Ortes verzögert, bis die Fabrik dann auch aus dem Rückspiegel verschwunden sein wird.

Der Koch wollte die Essensreste zu den Containern bringen. Er benutzte nicht wie gewöhnlich den Hintereingang, sondern ging die große Treppe hinunter und verließ das Gebäude durch den Haupteingang. Warum, kann keiner sagen. Er ging an der Südostseite des Gebäudes nahe der Mauer entlang und schaute nicht auf den Boden. Und dann schnappte sie zu. Der Koch muss geschrien haben, denn es wurde gesagt, dass man einen Schrei gehört habe.

Die Eisenzähne schlugen sich durch den Stoff der Hose in sein Bein. Er brüllte, der Eimer mit den Essensresten fiel ihm aus der Hand, er machte einen Schritt, zerrte an seinem Bein, die Eisenzähne drückten tiefer, er versuchte, das Eisen mit seinen Händen auseinanderzudrücken, er spürte Übelkeit in sich aufsteigen und ein Rauschen war in seinem Kopf, er sah Blut an seiner Hose, über dem Eisen und an seinen Händen, er schrie noch immer.

An der Kantinentür hängt ein Zettel: Wegen Krankheit vorübergehend geschlossen. Alle wissen, dass nicht eine Krankheit der Grund dafür ist, warum die Kantine geschlossen hat. Alle wissen, dass *vorübergehend* in diesem Fall *für immer* heißt. Der Koch wird nicht mehr zurückkommen. Es wird auch kein neuer Koch mehr eingestellt werden. Ein Koch und eine Kantine sind keine Notwendigkeit mehr. Der Chef hat das Datum der Schließung bekannt gegeben. Noch bis Ende des Jahres werden die Löhne bezahlt, wer früher gehen will, kann dies jederzeit tun.

Ich suche in den Regalen und Schränken der Kantine nach Lebensmitteln: drei Büchsen Tomatensoße, eine Büchse rote Bohnen, zwei Kilo Teigwaren, eine angebrochene Packung Reis, eine Ingwerwurzel, Kräutertee, Schwarztee, Kaffeepulver. Im Kühlschrank finde ich einen Liter Milch, eine halbe Zitrone. Auf der Ablage neben dem Herd liegen zwei Äpfel. Die Tiefkühltruhe ist voll mit eingefrorener Suppe und Suppe en bloc.

Da ich nicht jeden Tag nur Suppe essen will, muss ich mir mein Essen in der Stadt besorgen. Ich verlasse mit dem Rucksack das Fabrikgelände und gehe zu Fuß in die Stadt. Am Eingang des Ladens hängt das Phantombild. Drinnen mische ich mich unter die anderen Einkaufenden und habe das Gefühl, dass man mir ansieht, dass ich als Nachtwächterin arbeite, dass ich auf einem Fabrikgelände in einer Halle wohne, manchmal mit einem Wolf. Ich weiche den Blicken aus, nehme, was ich brauche, aus den Regalen, auch ein großes Stück Fleisch, bezahle und verlasse mit einem vollen Rucksack den Laden, die Stadt, die Hauptstraße, die Landstraße, den Schotterweg und betrete das Fabrikgelände.

Clemens hat mir geholfen, einen Kühlschrank und eine elektrische Herdplatte aus der Kantine zu holen und in meine Halle zu bringen. Als Dank lade ich ihn zum Essen ein;

Bratkartoffeln. Ich schaue mich nach dem Wolf um, kann ihn aber nirgends sehen. Clemens füllt uns nach, und ich frage ihn, was er machen werde, wenn die Fabrik schließt.

Er werde sich etwas Neues suchen, in einer anderen Fabrik, von denen gebe es ja noch ein paar, was ich denn machen würde, fragt er mich.

Vielleicht bleibe ich noch, sage ich.

Du kannst doch nicht alleine hier wohnen, das geht doch nicht.

Warum nicht, frage ich und schiebe alle Bratkartoffeln von der einen auf die andere Seite des Tellers.

Clemens runzelt die Stirn und schaut mich ungläubig an. Das ist viel zu einsam hier. Das Wasser und der Strom werden abgestellt. Was willst du denn machen die ganze Zeit? Du hast hier ja nichts zu tun.

Ich könnte weitere Fallen graben. Du könntest mir dabei helfen. Du könntest auch hierbleiben. Ich zerdrücke mit meiner Gabel eine Bratkartoffel.

Clemens sagt nichts, und ich kann auch nichts sagen. Ich schaue auf seinen leeren Teller und dann in sein Gesicht. Clemens runzelt noch immer die Stirn und sagt, dass er sich für mich umhören werde, dass er mir sagen werde, wenn er von einem freien Job höre, dass er jetzt wieder runtergehen, einen Blick auf die Monitore werfen werde, dass das Essen gut gewesen sei.

Ich bleibe alleine am Tisch in meiner Halle und stelle mir vor, dass ich und Clemens weitergraben. Trotz der fast erreichten Tiefe von drei Metern. Auch nach der Schließung der Fabrik. Dass wir unter dem Fabrikgelände ein Höhlensystem errichten, ähnlich dem Höhlensystem von Füchsen oder Dachsen, nur größer. Ich stelle mir vor, dass wir tief graben und die Luft dort nach Moder riecht und nach

Nässe, dass unsere Stimmen dumpf klingen, wenn wir uns rufen, dass wir uns unter Tage und trotz dumpfer Stimmen näher sind als jetzt.

Clemens und ich messen die Tiefe der Grube, 2,91 Meter. Die letzten Zentimeter graben wir gemeinsam, ich fülle unten den Eimer mit Erde und Clemens zieht den Eimer empor. Wir sprechen wenig. Beim Ausheben der letzten Zentimeter wünsche ich mir, dass das Loch nicht fertig wird.

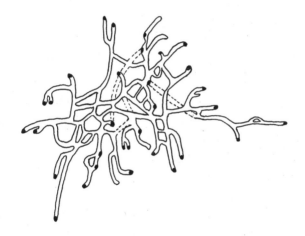

Wir sitzen in der Fabrikkantine. Der Koch wurde aus dem Krankenhaus entlassen und sitzt jetzt etwas bleich auf einem Stuhl. Die Verletzung an seinem Bein ist bestimmt kein schöner Anblick.

Gefeiert werden die Entlassung des Kochs aus dem Krankenhaus und die Fertigstellung der Grube. Der Chef lädt ein. Chefrunde, sagt er lachend.

Vor uns liegen vier Pizzakartons. Das verstehen alle, dass es jetzt keine selbst gemachte Pizza vom Koch gibt, das würde auch Clemens, dem Chef und mir so gehen. Auch wir würden keine Pizza machen wollen unter solchen Schmerzen.

Der Koch isst schnell. Er schiebt den leeren Pizzakarton in die Tischmitte. Ich bin bei meiner noch nicht einmal bei der Hälfte angekommen. Vielleicht hilft ihm das schnelle Kauen, die Schmerzen besser zu ertragen. Er hebt sein verbundenes Bein auf einen leeren Stuhl neben sich. Dabei holt er Luft und hält sie an, atmet erst wieder aus, als Clemens fragt, ob alles in Ordnung sei.

Verdammter Wolf, sagt er.

Ein Wolfsbiss wäre weniger schlimm gewesen als das Tellereisen, sage ich, beiße in ein Pizzastück und ziehe einen Käsefaden.

Es hingen Fallenpläne, sagt der Chef. Der Koch selber habe ihm beim Aufstellen der Tellereisen geholfen. Das hätte nicht passieren dürfen. Er fühle sich mitverantwortlich.

Der Koch winkt ab.

Der Chef hebt seinen Plastikbecher.

Auf gute Genesung, sagt der Chef, und auf die fertige Grube, auf dass uns doch noch der Richtige in die Falle geht.

Wir alle heben unsere Becher. Ich stelle meinen wieder ab, ohne daraus zu trinken.

Der Chef und der Koch hoffen nach wie vor auf den Wolf. Der Koch umso mehr, seit er in das Tellereisen getreten ist. Das kann ja nicht für nichts gewesen sein. Für den Koch muss es jetzt dringend einen Wolf geben. Er ist der Einzige, der ein Opfer gebracht hat. Im Kampf gegen den Wolf. Im Kampf zur Erhaltung einer sicheren Zone.

Mit der Schließung der Kantine ist auch die Maschine zum Stillstand gekommen. Es werden keine Aufträge mehr ausgeführt. Räumungsarbeiten in den Lagerhallen werden noch verrichtet. Kaum jemand ist noch in der Fabrik. Der Chef ist auch nur noch selten hier. Wenn er kommt, dann sehe ich ihn meistens mit einer vollgepackten Kartonkiste das Gebäude verlassen. Er räumt nach und nach, fast schleichend, sein Büro.

Den nächsten Einkauf schiebe ich so lange wie möglich hinaus. An der Ladentür hängt noch immer das Phantombild. Erneut habe ich das Gefühl, aufzufallen. Ich greife nach einer Büchse Tomaten und fühle mich beobachtet. Ich drehe mich um und sehe, dass die Frau, die neben einem Regal voller Wasserflaschen steht, mich anschaut. Ich gehe weiter, an einer anderen Frau vorbei, die einen Salatkopf in eine Tüte packt, und weiter an einem Mann vorbei, der einen Sack voller Äpfel auf die Waage legt. Ich meine ihre Blicke auf mir zu spüren, und ich meine, dass die Kassiererin zu langsam tippt, dass sie mich zu freundlich anlächelt. Ich bezahle, packe schnell alle Lebensmittel in meinen Rucksack und verlasse den Laden. Ich laufe los. Auf der Hauptstraße höre ich ein Auto hinter mir. Ich laufe schneller, es fährt vorbei. Der Rucksack schlägt mir bei jedem Schritt ins Kreuz. Er erschwert das Laufen. Dennoch verlangsame ich nicht mein Tempo. Im Gegenteil. Ich versuche so schnell wie möglich einen Fuß vor den anderen zu setzen, nicht an die Schwere des Rucksacks zu denken und nicht an die Weite des Weges, den ich noch bis zur Fabrik zurücklegen muss. Ich laufe weiter und denke an die Halle, an das Fabrikgelände, an die Fallen auf dem Gelände, an den Wolf.

Ich steige die Leiter in die Grube hinunter und betrachte die Erdwand, die zwischen zwei Holzlatten der Verschalung zu sehen ist. Oben ist die Erde dunkelbraun und liegt in lockeren Klumpen da. Ich kann Wurmlöcher sehen, manchmal ein Hinter- oder Vorderende eines Wurms und viele Wurzeln, die das bröckelnde Gefüge zusammenhalten. Weiter unten wird die Erde heller und noch weiter unten wird sie wieder dunkelbraun, deutlich weniger Wurmlöcher sind hier zu sehen. Es folgt eine Schicht gelbgrauer Erde, die sich lehmig anfühlt und praktisch keine Wurzeln mehr und auch nur noch vereinzelte Wurmlöcher hat, dann steige ich von der letzten Sprosse und sacke mit meinen Schuhen leicht in den Boden ein. Ich nehme den Spaten, der an der Wand lehnt, und beginne zu graben. Ich grabe schneller als sonst. Ich grabe wie wild. Ich vergesse, dass es ein Oben gibt, ich sehe nur noch Erde und den Spaten und meine Hände um den Spatenstiel. Ich spüre Übelkeit in mir aufsteigen. Ich halte inne, werfe den Spaten gegen die Wand und setze mich auf den Boden. Mich umgibt der Geruch von feuchter Erde. Ich kralle meine Finger in die Erde, löse sie wieder und schaue sie an. Die Fingerkuppen sind schwarz. Ich lege mich hin und versuche, in die Erde zu horchen, ich versuche, einen Ton in ihr, aus ihr zu hören. Ich stelle mir vor, wie Clemens und ich mit dem Graben des unterirdischen Höhlensystems beginnen, weiter und weiter graben, wie wir Schicht um Schicht weiter in die Erde hineingelangen, schürfen und schürfen und wie das Licht über uns als helles Rechteck immer kleiner wird und irgendwann ganz verschwindet.

Ich stehe in meiner Halle. Es ist kein Wolf hier, auch ist kein Licht mehr bei der Fallgrube zu sehen, die Scheinwerfer haben wir in die Lagerhalle gebracht, auch die Spaten, die Eimer, die Plane, die Leiter. Wir haben den Deckel über die Grube gelegt und Äste und Laub darüber. Die Falle ist bereit.

Großen Dank

an den Fachausschuss Literatur Basel-Stadt/Basel-Landschaft und an das Literarische Colloquium Berlin für das Ermöglichen von Zeit und Auseinandersetzung mit dem Schreiben; an Rudolf Widmer-Schnidrig und Thomas Forbriger vom Black Forest Observatory, Uli Hopp, Martin Oeschger und Daniel Rüegg für das Teilen ihres Wissens; an Sarah Iwanowski für ihre Genauigkeit und Begeisterung; an Reina Gehrig und an Rico Engesser für ihren Rückhalt; an Christoph Keller für seine Recherchen zum *Mann, der vom Himmel fiel* und das Erzählen dieser Geschichte; an Matthias Nawrat, Werner Rohner, Ruth Schweikert, Saša Stanišić, Julia Weber und Manuela Waeber für den Austausch, das Lesen, die Unterstützung im Schreiben und darüber hinaus; an meine Freundinnen, Freunde und meine Familie für ihr Dasein, das Grundlegende und für die unfassbare Unterstützung; an Christoph Oeschger, für genau das und dafür, dass durch sein Schauen die Welt für mich größer ist.

Die im Roman verwendete Geschichte über den *Mann, der vom Himmel fiel* beruht auf wahren Geschehnissen aus dem Jahr 2010, über die u. a. auf tagesanzeiger.ch, 20min.ch und blick.ch sowie im Tages-Anzeiger, in der Neuen Zürcher Zeitung und im Mitteilungsblatt der Gemeinde Weisslingen berichtet wurde. Inspiriert wurde die Darstellung im Roman insbesondere durch die Radiosendung von Christoph Keller, *Der Mann, der vom Himmel fiel*, in: Kontext, Radio SRF 2 Kultur, 22. Juni 2010. Darüber hinaus sind Zitate aus dem Einführungsgesetz zur Schweizerischen Straf- und Jugendstrafprozessordnung sowie von Pfarrer Dr. Daniel Rüegg in den Roman eingeflossen. Die im Buch verwendeten Fotografien stammen von Christoph Oeschger.